転生先で捨てられたので、
もふもふ達とお料理します
～お飾り王妃はマイペースに最強です～
6
桜井悠
illust. 凪かすみ
JN006041

フェザリオ
天翼族の青年。
とある使命を
帯びている
シルヴェリオ
ヴォルフヴァルト
王国の初代国王
フィリア
南の離宮の
お妃候補

イシュナード
リングラード帝国の皇帝
グレンリード・ディ・ヴォルフヴァルト
銀狼王の異名を持つヴォルフヴァルト王国の国王
レティーシア・グラムウェル
料理好きのOLだった前世を持つ公爵令嬢

「苺だ！　帰ってきて私と、
毎日一緒に苺を食べてくれっ!!」
その叫びが愛しくて、
私は前へと手を伸ばして。

転生先で捨てられたので、
もふもふ達とお料理します

～お飾り王妃はマイペースに最強です～

6

桜井悠

illust. 凪かすみ

Contents

一章　季節は巡って苺が実る

「この一年で、私、たくさん美味《おい》しいもの食べてきたんだなぁ」

レシピ帳をめくりながら、私はほぅと微笑《ほほえ》んだ。

季節は春。故郷であるエルトリア王国から、ヴォルフヴァルト王国の離宮へと帰ってきた私は、窓辺の長椅子に腰かけレシピ帳を眺めていた。

シフォンケーキ、ショートケーキ、サンドイッチに塩釜焼、チョコレートフォンデュ。

ページをめくるごとに味と思い出が、ふわりふわりと蘇《よみがえ》ってくる。

美味しいと楽しいを詰め込んだレシピ帳は宝物だ。思い出した前世の知識と、たくさんの人の協力のおかげで、レシピは日々充実してきている。中でも特に苺《いちご》についてのレシピは、軽く二十個を超える程だ。

苺、美味しいよね。

果物の中で一番好き。

生で食べてよし、煮てジャムにしても、お菓子に使っても大満足、なのだけど……。

めくるめく苺スイーツを思い浮かべていると、ささくれのような小さな違和感があった。

――なぜ、いつから、どうして？

こんなにも苺が好きになったか、やはり思い出せなかった。

ページをめくる指を止め、しばし考え込んだ。

特にきっかけもなく気が付けば好物になっていた、でもおかしくはないはずだけど、妙に引っかかっている。何度も前世の記憶をひっくり返したが、それらしい思い出は見つからない。

喉に小骨が張り付いたような感覚に眉を寄せていると、くいとドレスの裾が引っ張られた。

「にゃにゃっ」

「いっちゃん、どうしたの？」

ライトグリーンの瞳で、足元からじっと見上げてくるいっちゃん。これは長椅子に乗りたい時の視線だ。左にズレてやると、ぽすりと軽い音を立て横に昇ってきた。

「うにゃっ！」

突き出された小さな頭から首筋を、優しく揉むように撫《な》でてやる。いっちゃんは目を細め、撫でやすいよう耳を倒してくれている。とてもかわいい。

もふもふほわほわと堪能していると、ひとしきり撫でられ満足したらしきいっちゃんが、レシピ帳へと身を乗り出してきた。

肉球のついた小さな手で、器用にページをめくっているいっちゃん。紙を傷つけないよう、きちんと爪を仕舞っていてとても偉い。褒めて撫でてあげたくなるけど、真剣にレシピ帳の挿絵を見ているので邪魔しないでおこう。

「にゃ、にゃ、にゃ。なうなうにゃにゃにゃ……」

あれでもない、これでもない、と。いっちゃんが悩みながらレシピをめくっている。

私がこの離宮に来てから一年と少し。季節が一廻りし、二回目の苺シーズンの到来に、いっちゃんは幸せな悩みを抱えているようだ。

「にゃっ！　みにゃにゃにゃうにゃうにゃっ」

「ん？　なになに？　ショートケーキがいいの？　いや違う？　苺の裸？　裸じゃない？　……あぁなるほど、苺の形がそのまま残ったお菓子が食べたいのね？」

身振り手振りをまじえ、猫語を人間語に翻訳していく。

いっちゃんの見た目はグレーのサバトラ猫そのものだけど、実は庭師猫と呼ばれる種族の幻獣だ。喋れこそしないもののかなり賢く、人間の言葉はほぼ理解しているようだった。

「ショートケーキは三日前に作ったし、タルトは明後日《あさって》ジルバートさん達と作る予定なのよね。他に作れそうなものだと……」

いっちゃんと二人、今日のおやつについて考えていると、ちょうど思い浮かんだ案があった。

「こんなのはどう？　割と作りやすくて、いっちゃんの希望にも沿うと思うわ」

「にゃにゃ？」

この世界では見かけたことがないお菓子だけど、きっといっちゃんも気に入ってくれるはずだ。作り方について軽く説明し同意を得ると、私は厨房へと向かったのだった。

◇　◇　◇

「まぁ！　素敵！　これ全部食べられるの？」

皿の上を見て、ケイト様が瞳を輝かせた。興奮のためか、山猫族特有の縦長の瞳孔が、きゅっと丸くなっている。金茶の髪の上ではぴくぴくと、忙しなく猫耳が動いていた。

「もちろんです。この宝石飴《ほうせきあめ》、ぜひ召し上がってください」

ケイト様と、その後ろのナタリー様に、私は自信をもって宝石飴――――またの名をフルーツ飴をおすすめした。

いっちゃんのリクエストを受けて作った、飴で覆った苺そのままの形を生かしたフルーツ飴。上手にできたので、苺の他のフルーツでも作成。離宮にやってきたケイト様達にも、庭に出したテーブルで試食してもらうことにしたのだ。

「綺麗ですね。食べるのがもったいないくらいです」

ナタリー様がじっと宝石飴を見ている。掴みはばっちりのようだ。

二人の視線の先できらきらと、苺と小ぶりな姫リンゴが輝く。横では一粒丸ごと飴でコーティングされたブドウと、一口大に切り飴を被せたオレンジが、つやつやと光沢を放っていた。

コツは、丁寧に果物の表面の水気を切ってから調理すること。そうすることで薄く均等に、飴の膜をつけることができる。

食べやすいよう串に刺された果物達は、一つ一つが宝石のように美しい。

せっかくなので名前で箔《はく》をつけるため、宝石飴と呼ぶことにした。

前世ではお祭りの屋台でも食べられたポピュラーなお菓子だったけど、こちらではとても珍しく、人々の視線を惹《ひ》きつけてくれるはずだ。作り方自体は比較的シンプルだけど、とても見栄えがよく味も良いのが素敵だった。

「にゃにゃっ！」

僕も味には太鼓判を押すよ、と言うように、いっちゃんが頷いている。先に作った苺の宝石飴をたっぷりと食べ、大層ご満悦のようだった。

「ふふ、私達もいただきますね」

いっちゃんの姿に、猫好きのナタリー様がはにかんでいる。いつもは表情が薄く真面目だからこそ、笑顔がとてもかわいらしかった。

ナタリー様達と共に串を手に取り、飴に歯を立てていく。

小気味いい音を立て飴が割れ、素朴な甘みが舌の上に広がる。

カリッ、パリリ、と。

ついでじゅくり、と。

苺の果肉を噛みしめると、程よい酸味と甘さ、果汁が染み出し、飴と混じり合っていく。食感の違う飴と苺が、互いを引き立て合っていた。

「うん、甘くて美味しいわ。それにこの飴、パキパキと割れて面白いわね」

苺、ブドウ、姫リンゴ、と。

ケイト様が立て続けに素早くも上品に、宝石飴を口にしていった。ご機嫌なようで、鍵尻尾がぴこぴこと上下している。

「喜んでもらえてよかったです。ケイト様はもうすっかり、苺の見た目も大丈夫になったんですね」

美味しく見た目も可愛い苺だけど、この国ではずっと、『貧者の宝石』と呼ばれ嫌われていた。苺に色以外はそっくりな、『魔物の宝石』と呼ばれる毒を持つ果実があるせいで、長い間、食材として見向きもされていなかったのである。ジャムやピューレ状にしたものならまだしも、はっきりと苺の形が残ったままでは、拒絶する人が多いのだった。

ケイト様も初めは、尻尾を逆立てて警戒していたから、変化がとても嬉《うれ》しい。こつこつと折に触れ、苺のお菓子を出していた努力が実ったようだ。

「ふふ、そりゃ、あんなにも熱烈に苺を推《お》されたら、好きになっちゃうのも当たり前じゃない？　レティーシア様の作るお菓子、どれもすごく美味しかったものね」

「わかります」

ケイト様の言葉に、ナタリー様がこくこくと頷いている。

「レティーシア様、とても苺がお好きですよね。私もおかげで、苺が好物になって、こちらの離宮を訪れる際の楽しみが、また一つ増えてしまいました」

「にゃっ！」

お主《ぬし》、苺を好物にするとは見る目のある人間のようだな、と。いっちゃんがナタリー様の肩をぽすぽすと叩いている。

「……！」

ぷるぷる、と。ナタリー様が無言で肩を震わせている。

肉球のダイレクトアタックに内心悶絶《もんぜつ》しているようで、私も気持ちはよくわかる。

いっちゃんはかわいい。とてもとてもかわいい。そんないっちゃんに認められ肉球をくらったら、私だって挙動不審になりそうだ。

ナタリー様は赤くなった頬を隠すよう紅茶を飲むと、大きく息を吸って気を落ち着かせていた。

「……本日も美味しいお菓子をありがとうございました。このお礼は、次にお会いした時に必ずいたしますね」

「そんな、大袈裟ですわ。こうして一緒にお茶を飲めるだけで私は十分よ」

ナタリー様とケイト様とのお茶会は楽しい。両者とも性格がよく、私と身分も近いおかげか、この一年でかなり打ち解けられ、今では大切な友人になっている。

そして個人としてはもちろん、社交の面でも二人との交流はありがたかった。

ナタリー様とケイト様は、この国の次期王妃候補として、王宮の敷地内に離宮を与えられている。いわばこの国の貴族令嬢の、ほぼ頂点に君臨する二人だった。

出会った当初は家同士の対立もあり険悪だったが、いくつかの出来事を経て誤解とわだかまりを解消した結果、両者の仲はだいぶ改善している。私の予定が合わない時は、二人でお茶会をして交友を深め、情報を交換しているらしかった。

加えて最近は、同じく次期王妃候補であるイ・リエナ様とも交流を持っているようで、概ね次期王妃候補の間の関係は良好のようだった。

「イ・リエナ様、初めは何を考えていらっしゃるかわからず怖い方だと感じていましたが、最近は何かと気遣っていただきありがたいです」

「私もよ。前はあの女、いつも嫌味でこっちを馬鹿にしてばっかだったのに、ここのとこ妙に当たりが柔らかくなったのよね。どうしてなのかしら？」

ナタリー様とケイト様が首を捻っていた。

イ・リエナ様の態度が軟化したことは歓迎しつつも、腑に落ちていないようだ。

「それはきっとお二人の成長を、イ・リエナ様も認められているのだと思います。共に国の未来を支えていく同志として、期待されてるんじゃないでしょうか？」

イ・リエナ様は腹の底の読みにくい人だ。

それでも、国と自身の故郷である北部地域への想いは本物のようだし、自分個人の幸せ、恋心よりも、貴族としての責務を優先していた。国に身を捧げる、覚悟を持つ令嬢に見えた。

そんなイ・リエナ様からしたら、かつてのナタリー様とケイト様は、未熟に見えていたに違いない。時間を割いて相手をする程の価値を、二人に認めていなかったのかもしれない。

それが今、少しずつでも友好関係を築けているのなら、この国にとっても望ましいことだ。

「お二人とも、この一年で、大きく変わられましたからね」

二人へと微笑むと、ケイト様が口を開いた。

「……そうね。レティーシア様が嫁いできて、もう一年が経ったのよね」

ぽつりと落とされた言葉。三人の間に沈黙が下りた。

私はもともと、期間限定の王妃としてこの国にやってきている。

この国の婚姻法では、二年間肉体関係のない『白い婚姻』を貫けば、円満に別れることが可能になっていた。

私の役割は、二年間グレンリード陛下の風よけになり、その後あと腐れなく離婚すること。

二年の間に、グレンリード陛下がナタリー様ら四人の候補の中から王妃に相応しい人物を選ぶための、時間稼ぎこそが私の役目だった。

「…………」

ナタリー様とケイト様。二人の次期王妃候補を見つめる。

二人とも真面目な性格で成長著しいが、次期王妃にといわれると、少し心配なところがあった。

ナタリー様は聡明だが、ご家族にいささか不安が大きい。獣人嫌いを隠そうともしておらず、ナタリー様がケイト様らと交友を深めるのもいい顔をしていないと聞く。ナタリー様自身、両親には強く出られないところがあり、実家関係は苦労しているようだ。

もしナタリー様が王妃に選ばれたとして、外戚の横暴を許すグレンリード陛下ではないと思うけど、調子に乗ったナタリー様の実家がなにかしらやらかす可能性が高く悩ましい。

一方のケイト様は、妹のシエナ様との対立を乗り越えた今、実家との関係は良好に保たれている。父親のガロン様も器の大きい方で安定感があるが、ケイト様自身は真っすぐすぎる気性のあまり、腹芸や駆け引きができないところがあった。

ケイト様もその点は自覚しており、今はまだ自分には、王妃になる資格がないと考えているらしい。自分より王妃に相応しい人物がいたら協力すると、私はそう告げられていた。

……ケイト様は今、誰が次期王妃に望ましいと思っているのだろう。

尋ねれば、教えてくれるかもしれないけれど……。

ケイト様は素直な性質だ。内心思っていることが言葉に出やすいのに、あえて口を噤んでいるということは、まだその相手を口にすべき時期ではないと感じているのかもしれない。

あと一年、されどたったの一年。

王妃の座の引継ぎ準備や根回しなども考えると、残された時間はもっと短い。

その時、私はどう立ち回るべきか。

考えると少しだけ、胸の奥に痛みを感じた。

一年後、その時、私はグレンリード陛下の隣にはいられない。

お飾りの王妃期間が終われば、私がグレンリード陛下に無闇に近づくのは許されなくなる。

正式に次の王妃が決まったにもかかわらず、前王妃の私が陛下の傍をうろついていては、諍いのもとになるだけだからだ。

そんなことは許せない。

そんなことを私は望まない。

望まない、けれど……。

………でも、寂しかった。

グレンリード陛下の瞳が、声が、ぐー様のぬくもりが、遠ざかるのが悲しかった。

想像しただけで、胸の奥に穴が空いたようになる。

前世を思い出し、もう二度と日本の家族には会えないのだと悟った時に似ているようで少しだけ違う、予感じみた何かを感じてしまっていた。

「レティーシア様、私は……」

小さく、けれどしっかりとした声で、ケイト様が口を開いた。

ナタリー様がぴくりと、わずかに体を震わせている。

「次の王妃に――へくしっ⁉」

「っ⁉」

突然のくしゃみにびっくり。見るといっちゃんも驚いている。尻尾がぴーんと伸びていた。

ケイト様は慌てて、さっと手で口元を覆った。

「ご、ごめんなさい。急に鼻がむずむずして……」

「……これのせいかしら？」

ケイト様の前、テーブルの上に落ちている羽を拾った。

大きな白い羽だ。どこから飛んできたのかはわからないが、ケイト様の鼻先をかすめるように落ちてきて、くしゃみを誘発したのかもしれない。

「綺麗で立派な羽ね。大型の渡り鳥か何かしら？」

羽を手に上空を見回す。

よく晴れているが、落とし主らしき影はどこにも見つからなかった。

遠くから風に流されてきたのだろうか？

その割には傷みもなく綺麗すぎる気がするが、そこらへんにいる小鳥のものとは思えない大きさだった。

「もしかして、グリフォンの羽でしょうか？」

「う〜ん。たぶん違うと思うわ」

ナタリー様の疑問を確かめるべく、私はすぅと息を吸い込んだ。

「フォンっ！」

大声で呼びかける。

間もなく、空気を叩く羽音が上空から降ってきた。

「きゅあぁっ！」

大きな翼を折りたたみ、地面へと降り立ったグリフォンのフォン。

黄色い嘴《くちばし》をかちかちと鳴らし、顔をすり寄せ甘えてくる。

「よーし、よしより。いい子いい子。来てくれてありがとね。ちょっと翼を見せてくれる？」

「くあっ！」

お安い御用です、と言うようにフォンが翼を広げた。

風圧で髪やドレスが乱れないよう、ゆっくりと配慮された動きだ。フォンは気遣いができる、できたグリフォンだった。

「よしよし、あるとしたらここのへんかしら？」

落ちてきた羽を、フォンの白い羽のあたりへと近づける。

比べてみると、やはり違いが大きい。羽の先端の形や柔らかさなど、フォンのものとは別物だ。

「やっぱり、どこかから風に乗ってやってきたのかしら？」

少し釈然《しゃくぜん》としないが、そう考えるしかなさそうだ。

モヤモヤを感じていると、フォンから期待の込もった視線を感じた。

「……食べたいの？」

フォンの瞳はテーブルの上、何本か残っていた宝石飴へと向けられている。

串をもって差し出してやると、嘴のさきっちょでリンゴがかじりとられた。

「ふふ、おいしい？」

「きゅきゅいっ！」

目を細め、リンゴの食感を味わうようにするフォン。

もっとちょうだい、とおねだりするように嘴をすり寄せてきたので、追加でいくつかあげていく。フォンは器用に嘴で、串からリンゴを外していった。

「体が大きいのにすごいですね」

感心してナタリー様が見ている。

褒められたことに気分を良くしたのか、フォンはどこか誇らしげだ。

「ナタリー様も、フォンに宝石飴をあげてみますか？」

「いいのですか？」

「急に串を大きく動かしたりしなければ大丈夫です。フォンは噛まないし、人に怪我をさせるような動きはしませんわ」

私が保証すると、ナタリー様はおずおずと宝石飴に手を伸ばした。

「え、楽しそう。私もやってもいいかしら？」

「もちろんです」

ケイト様も参加してきた。

こちらはしっかりとした手つきで串をつかむと、フォンへと差し出している。

「きゅあぁっ！」

美味しそうに鳴くフォンに目を細めながら。

その日のお茶会は過ぎていったのだった。

◇　◇　◇

お茶会を終え、ケイト様とナタリー様を見送った後。

私はルシアンとともに、庭師猫達の様子を見に行くことにした。

「あら、いい仕事、いい仕事。今日も元気に働いてるわね」

離宮の裏手の林は切り開かれ、ちょっとした学校の校庭ほどの広さの畑になっている。

春の穏やかな日差しに煌《きら》めくのは、庭師猫達の振り上げた鍬《くわ》だった。

「にゃー！」

「にゃっ！」

「にゃー！」

「にゃっ！」

掛け声と共に振り下ろされる鍬は、『整錬』で作った特製品。庭師猫の肉球にぴったりおさまるサイズになっている。

幻獣である庭師猫達は、植物の発育を促す魔力を持っているが、ただ漫然と力を注ぐより、土壌や環境を整えておいた方が、より少ない魔力でよい作物を育てることができるらしい。

せっせせっせと畑を耕す庭師猫を横目に畑の脇、雪山猫のクルルらの元へと向かった。

「くにゃにゃっ！」

右へ左へ、獲物を追って小さな体が跳ねまわる。

獲物は白にヒョウ柄が散ったもふもふ。クルルのお母さん、ウィンテルのしっぽだった。

「かわいすぎる……！」

短い手足をとてとてと動かし、しっぽを捕まえようとする姿が愛らしい。

雪山猫は滑らかな毛皮を持ちユキヒョウに似た、とても美しい幻獣だ。その子供であるクルルも、幼くも気品のある姿をしているが、今は猫のように無邪気にじゃれまわっていた。

気まぐれに揺れるしっぽを追いかけるように、丸みを帯びた耳がぴくぴくと動いている。自分のしっぽを地面に置いてバランスを取りながら、前足を浮かせ立ち上がった。

「みゃっ、みゃっ、ぴにゃうっ！」

勢いよく前足を伸ばし、しっぽへと飛び掛かるクルル。

しかしウィンテルはお見通しとばかりに、直前でしっぽをぱたりと振って、クルルの前足を空振りさせている。慣れた様子だ。金色の瞳をゆっくりまたたかせながら、かわいい我が子の姿を見守っていた。

ウィンテルは近づいてくる私を見て、クルルの頭の上へぽすりとしっぽを被せた。

どうやらそれが、しっぽを使った狩りごっこの終わりの合図だったらしい。クルルははたと動きを止めると、こちらを見て駆け寄ってきた。

「ぴにゃっ！」

「わっ⁉」

勢いよくクルルがジャンプ。

向かってきた小さな体を、すいと前に出たルシアンが受け止める。

「みにゃっ？」

「まったく、困った子ですね。爪も仕舞わずレティーシア様に飛びつこうとするなど、いくら子供だろうと見過ごせませんよ」

言いつつも、ルシアンはクルルを落とさないよう、しっかりと抱き留めていて優しい。さすがの優秀従者だった。

「おや？　これは……」

従者のお仕着せを確認したルシアンが、感心したようにしている。

クルルの爪の先、黒の布地との間に、うっすらと氷が張っているのが見えた。爪は氷に阻《はば》まれ、一筋のひっかき傷もついていないようだった。

「ウィンテルがやったの？」

「がううっ！」

ウィンテルが頷く。

意訳：その通りです。うちの子がご迷惑をおかけしてすみません。

といったところだろうか？

氷を操る雪山猫の力を、素早く使ってくれたようだ。人間に勝るとも劣らない気遣いと賢さの持ち主だった。

「ぴみゃっ！」

ルシアンの腕の中、クルルがもぞもぞと向きを変えこちらを見てきた。

「私に抱っこしてほしいの？　いいわ。でも、爪は立てないでゆっくりきてね？」

「みゃっ！」

クルルが頷いたのを見て、ルシアンへと腕を伸ばす。

けして爪先を立てないように、バランスをくずさないように。

慎重に体を動かすクルルを受け止めると、長いしっぽが柔らかく顎下を撫でていった。

「ふふ、くすぐったい。クルル、また少し大きくなった？」

「ぴみゃう？」

ぴんときていないのか、首を傾げるクルルの頭を撫でてやった。

二日前に抱っこした時より、少しだけまた重くなった気がする。

クルルは絶賛成長期中。いずれ、お母さんのウィンテルと同じくらい大きくなるはずだ。

まだ子供とはいえ、既に周りの庭師猫達より一回り大きくなっている。ぼちぼち抱きかかえるのも辛い重さになってきたため、急に人に跳びついて怪我をさせないよう、そろそろ教育をした方がよさそうだ。

こうして抱っこできるのも今の内だけ。たっぷり堪能しておこう。

そう思い、もふもふの毛皮を満喫していると、ふいに懐かしさを覚えた。

「ジロー……」

ため息が漏れ、クルルの頭の毛を小さく揺らした。

前世の「わたし」が飼っていた柴犬、ジロー。

トラックに轢《ひ》かれた「わたし」に駆け寄るジローの姿が、前世の最後の記憶だった。

ジロー、向こうで天寿を全《まっと》うできたかな？

あるいは、この世界と日本で時間の流れが違うなら、まだ向こうでは健在。元気に毎日ご飯を食べているのかもしれない。どうなっているかはわからないけど、ちょうどジローの重さは、今のクルルくらいだったのを覚えている。

懐かしい重みに、つい、切なくなり名前を呼んでしまっていた。

少ししんみりしていると、座っていたウィンテルがふいに身を起こした。

「がうぅ……」

前足を揃えて座り、恭《うやうや》しく頭を垂れるウィンテル。

伏せられた瞳の先、林のしげみが揺れると、白銀《はくぎん》の狼《おおかみ》が姿を現した。

「ぐー様！」

光り輝くような見事な毛並みをたなびかせ、ぐー様ことグレンリード陛下がやってきた。

「ぐぐぅ……」

ぐー様はどこかばつがわるそうで、心なしか近づいてくる足取りも鈍かった。

どうしたのだろうか？

気のせいならいいけど、少し心配になってくる。

「ぐー様、どこかお加減でも悪いのですか？」

様子を窺っていると、ぐー様がぴくりと鼻先を動かした。

「わっ⁉」

「はいっ⁉」

私とルシアンの声が重なる。

ぐー様はそれに構うことなく、私の腰の下あたりを熱心に嗅ぎまわっている。

「わ、ぐー様、く、くすぐったっ！」

「離れろこの○×□●がっ！」

ルシアンが何やら罵倒《ばとう》するように叫ぶと、私の肩を掴みぐー様から距離を取った。

いた、くはない。

急に引き寄せられたにもかかわらず、痛みも衝撃もほとんどなかった。

柔らかく、だがしっかりと、ルシアンに背中から抱き留められている。

「ルシアン、何を⁉　今なんて言ったの⁉」

「……レティーシア様のお耳に入れるまでもない言葉です。ですよね、陛下？　いきなり年頃の女性のドレスを嗅ぎまわるなんてそんな蛮行、ぐー様陛下がなさるわけございませんよね？」

ルシアンが聞き取れないほどの早口で、ぐー様に語り掛けている。

私がルシアンの背中から離れドレスの乱れがないか確認していると、ぐー様が申し訳なさそうに唸った。

「うぅぅ……」

配慮に欠ける行いをしてすまなかった、と謝罪するようにうなだれるぐー様。

しかし、いまだに私のドレスが気になるようで、じっと腰のあたりに視線を向けていた。

「どうしたの？　あ、もしかしてこれが気になられてたんですか？」

腰のあたり、ドレスのポケットを手探る。

中に入っていたのは、先ほど落ちてきた白い羽だ。落とし主がどんな鳥か気になり、あとで書物で調べようと持っていた。

「ぐー様、もしかして、これ、どんな鳥の羽かわかるんですか？」

「…………」

取り出した羽の匂いを嗅ぐも、ぐー様は無言で険しい顔だ。

しばらく考えこむようにしてから、ゆるく首を振った。

「……まだ、正体に確証がもてない、ってとこですか？」

「ぐっ」

だいたいそんなところだ、と肯定するようにぐー様が頷く。

「わかりました。よかったらこの羽、ぐー様が持っていきますか？」

提案するも、その必要はないと断られた。

ぐー様はもう一度しっかりと羽の匂いを嗅ぐと、そのまま後ずさり地面に座った。

気が付けば周りには、ぐるりと庭師猫達が集まっている。私とぐー様のことが気になり、農作業の手を止め寄ってきたようだ。

「……そうね。ちょうどいいから、おやつ休憩にしましょうか？」

「にゃっ！」

大賛成ですにゃ！

と言わんばかりに庭師猫達が騒ぎ出した。

にゃぁにゃぁみゃあみゃあと鳴く庭師猫達を引き連れ、畑の横に掘られた穴へと向かう。

穴は垂直ではなく、ゆるやかなスロープ状に掘られており、ほのかに冷気が漂ってくる。

「がう！」

ウィンテルが大きな前足で穴の奥の石をどけると、冷気が一気に強くなった。

「私の作った特製おやつ、今日もちゃんと冷えてるみたいね」

穴の奥には氷の箱。ウィンテルの氷で作った簡易的な冷蔵庫だった。

狩りに成功した野生の雪山猫は、鮮度を保つため肉を氷漬けにするらしい。獲物が豊富な季節に狩りだめして、穴に氷とともに保存しておく賢い生き物だった。

ウィンテルにもその本能は備わっており、離宮で与えられた餌のいくらかを着々と氷漬けにしていた。それを見つけた私は、氷室を作るようお願いをしたのだ。

ウィンテルとしても、ただ餌を与えられ、施されるだけの関係は好ましくないらしく、積極的に力を貸してくれている。おかげで、今まで使っていた冷蔵庫もどきの紋章具に加え、さらにたくさんの食糧を、低温で保存することができるようになっていた。

「これからの季節、氷室があると助かるのよね、っと！」

手早く詠唱し魔術を発動させ、氷の箱の表面を切り飛ばす。ウィンテル特製の堅い氷も、かまいたちの刃の前には真っ二つだ。箱の中には蓋つき金属の器に入れられたシャーベットが、ずらりと並べられていた。

「これはムギ、こちらはトマト、シロタ、それにこれはノブナガのですね」

蓋に書かれた記号を識別し、ルシアンが庭師猫へとシャーベットを配っていく。

ムギ、トマト、シロタにノブナガ。全て庭師猫達の名前だ。

最初、庭師猫達には、それぞれが育てている好物の植物の名前を付けていた。しかし、離宮に集まる庭師猫の数が増えるにつれ、好物が被る庭師猫が出てきたので、その子達には別の名前を付けることになる。庭師猫同士は名前がなくても不便しないらしいけど、人間は困るからね。

名付け親は、私とジルバートさんら離宮の料理人。

私は他の人と被らないよう、前世の名前を拝借することにしている。シロタは白猫だから。ノブナガは、敦盛《あつもり》のように見えなくもない謎の舞いをよく踊っているからである。

シャーベットを受け取ったノブナガが喜びの舞をするのを見つつ、私はぐー様へ声をかけた。

「まだシャーベットありますし、ぐー様も召し上がりませんか？　梨、お好きでしたよね？」

「ぐっ！」

ぜひいただこう、と。ぐー様が近づいてきた。

蓋を外し、魔術で作った机替わりの岩の塊に器を置いたところではたと気が付く。

庭師猫と違って、ぐー様、スプーン持てないよね？

鼻先でシャーベットをつつくしかできないぐー様に、私はシャーベットをすくって差し出した。

「どうぞ、ぐー様。溶けないうちに召し上がってください」

数あるシャーベットの味の中でも、自信作の一品だった。

爽やかな甘さの氷の中に、瑞々しい果肉が埋められている。

すっきりと口の中で溶ける甘さは、温かくなってきた気候にちょうどいいはず。

そう思い、笑顔でスプーンを差し出していると、

「わっ⁉」

光が放たれ、ぐー様が人間の姿になっていた。

「陛下？　人間の姿に戻って大丈夫なのですか？」

「周りに人目がないことは確認している。何か問題はあるか？」

「いえ、ありませんが……」

心臓が跳ね上がる。鼓動が早鐘を打つ。

銀狼の姿も素敵だけど、人間の姿の陛下は、これまたお顔が強かった。

煌めく銀の髪の下、両の瞳は切れ長で、青みがかった碧の色が、冬の湖のようで引き込まれそうになる。高い鼻筋と輪郭は完璧な線を描き、名工の手で作られた氷の彫像のようだった。

凛々しくも優美な、一点の非の打ちどころもない白皙の美貌。

そんな陛下のお顔がいきなり至近距離に現われたら、頬が熱くなるのも仕方ないと思う。

「貸せ。自分で食べられる」

「あっ……」

スプーンを取られてしまった。

ぽかんとする私の前で、無表情のまま、陛下はシャーベットを口に運んだのだった。

◇　◇　◇

冷たく、甘く、美味い。

黙々とシャーベットを食べながら、グレンリードは苛立ちを噛み殺していた。

（なんなのだあれは……！）

シャーベットをすくい、スプーンを差し出したレティーシア。

あれでは、まるで、そう。

いわゆるあれだ。話に聞いたことがあるあれ。

――恋人にあーん、とするやつではないか？

（……レティーシアに、そんなつもりがなかったのはわかっている）

彼女はただ親切心で、シャーベットを食べにくそうにしていた自分を手助けしただけ。

そうわかっているから、なおさらに腹立たしかった。

まるで恋人相手にするかのような振る舞いを、なんの躊躇《ためら》いもなくされたせいで、逆に自分が、欠片《かけら》も異性として認識されていないと突き付けられてしまったようで。

そんな些細なことに腹を立てる自分に、情けなさと苛立ちを覚えて仕方なかった。

（レティーシアといると、私は調子が狂ってばかりだな……）

彼女の一挙一動に心が波立ち冷静になれず、なのに目が離せなかった。

ついさっきだって、思わず夢中になり、彼女の持つ羽の匂いを嗅いでしまっている。

警戒対象の一つである匂いだったとはいえ、あそこまで執着してしまうとは予想外だ。

あの匂いを持つ者と、レティーシアがどこかで接触していたら。

どうなるか予想できず心乱され、気が付けば一心不乱に、何か他に手掛かりがないかと必死に羽の匂いを嗅いでしまっていた。

(銀狼の姿の時は理性が弱まっているとはいえ、あそこまで行動を制御できなくなるとは……)

恥ずかしい限りで、頭が痛くなりそうだ。

先ほど、レティーシアが、ジロー、と。

遠く離れた、恋する男の名を呼んでいたのを思い出し、更に痛みが増した気がする。

「………」

いや、気のせいではない。

確かに頭が痛みを発している。

きーん、と。内側からねじられるようにこめかみが痛みを訴えてくる。

急になぜ、と思っていると、レティーシアが顔を覗き込んできた。

「陛下、大丈夫ですか？」

透き通った紫の瞳に、瞬間、心拍が跳ね上がった。

二つの瞳が映すのは、ジローではなく今は自分ただ一人だけ。

驚き申し訳なくて、なのにほの暗く嬉しくて。

動揺を押し殺し、必死に平静を装い口を開いた。

「……顔には出していなかったはずだ。なぜわかった？」

「陛下のことならわかりますわ。この一年、たくさん一緒にすごしてきましたもの」

柔らかく、少し困ったように笑うレティーシア。

その笑みの気安さが、優しさが、愛らしさが。

グレンリードから言葉を奪い取っていった。

「申し訳ありません。言うのを忘れていました。冷たい食べ物を一度に口にしすぎると、頭が痛くなることがあります」

レティーシアは言うと、そっと手をグレンリードのこめかみへと伸ばした。

「痛むのはこのあたりでしょうか？　じきに痛みは薄まるはずで――――っ⁉」

気が付けば、グレンリードは。

細い腕を掴み、手繰り寄せて。

レティーシアを抱きしめてしまっていた。

◇　◇　◇

「陛下……？」

逞しい腕に抱き寄せられ、私は思わず固まってしまった。

近い近い近すぎっ‼

いきなり何⁉　なんなの⁉

私なにかやらかしたっけ⁉

「……」

……うん、やっぱ、私、気安すぎだったわ。

少しだけ冷静になると、自分の失礼さをじわじわと自覚してくる。

アイスクリーム頭痛に苦しむグレンリード陛下が心配で、つい手を伸ばしてしまったけど。

私が触れたからって痛みがなくなるわけじゃないし、陛下の頭に触れるのはやりすぎだ。

非礼を詫びようと陛下を見上げるが、

「……っ」

強く強く抱きしめられ、言葉ごと押しつぶされてしまった。

苦しい。

呼吸が、体が、あるいはそれ以外が。

軋むよう熱を持つように主張してくる。

息をすればほのかな梨の香りと、陛下の衣服の匂いが混ざりあって。

くらりくらりと、世界が頭が視界が、ぐらぐらと回るようだった。

「……なぜだ」

「陛下っ……!?」

肩を掴まれ、そのまま引きはがされる。

グレンリード陛下は数歩後ずさり、更に私から距離を取った。秀麗な顔は仮面のように無表情で怖いほど。冬の湖の瞳には氷が張ったかのごとく、なんの感情も見出すことができなかった。

「なぜおまえは、私に手を伸ばそうとしてくるのだ？」

「……っ」

温度のない声での問いかけに、私は黙り込んだ。

やはり、先ほどのように、陛下に触れるのはやりすぎだったらしい。

当たり前のこと、予想していたことなのに、だというのに。

陛下に拒絶するように問いただされ、私は固まってしまった。

「申し訳、ありませんでした。二度と、同じようなことはしないよういたします」

「……そうしてくれ。勘違いしては困るからな」

陛下は淡々というと、踵《きびす》を返し背中を向けた。

遠い。

そう思ってしまうほどに、実際の距離以上に、陛下との心の距離を感じてしまった。

「おまえと私は、あくまで政略の上で結ばれた夫婦でしかないのだからな」

わかりきっていたこと。

私がこの国にいる大前提。

陛下はただ事実を告げると、足早に歩み去っていったのだった。

◇◇◇

「うぅ、恥ずかしすぎて穴に埋まりたい……」

グレンリード陛下が去った後、私は思わず座り込んで顔を覆っていた。

先ほどまでの自分の行動を思い出す。

陛下はアイスクリーム頭痛に襲われているところに、いきなり私に触られそうになって、さぞ不快に思ったのだろう。

出すぎた親切、いらないお節介ほどうっとうしいものはない。家族でも恋人でもない相手に、一方的に触れられるのは嫌で当たり前だ。

だから陛下は、自分の不快さを伝えるため、私を突然抱きしめたに違いない。

私は不快、とは違うけど、それでも驚き動揺して、苦しくて頭が回るようだったのは確かだ。

あんな想いをグレンリード陛下にさせていたなら申し訳ないし、恥ずかしいことこの上ない。

「あああああぁ～～～……ん？」

己の過ちに悶え苦しんでいると、くいくいとドレスが引っ張られた。

どうしたのかと見ると、庭師猫達が穴を掘り、どこか得意げにこちらを見上げている。

「……いや、穴に埋まりたい、ってのはあくまで比喩表現であって……」

庭師猫には伝わらなかった……というわけでもないのかも？

彼らは賢く仲間思いな幻獣だ。

落ち込む私を見かねて、とぼけた行動で和ませてくれようとしたのかもしれない。

現に少しだけど、気分が逸れて心なし楽になった気がした。

「ふふ、ありがとね」

しゃがみこみ、一番近くにいた黒い毛の庭師猫、キュウリの頭を撫でてやった。

キュウリは金色の瞳をまたたかせると、されるがまま撫でさせてくれている。

「にゃっ！」

「みゃにゃっ！」

「にゃうにゃうおっ！」

「わわっ⁉」

僕も私も撫でて、と。

庭師猫達が次々と押し寄せてきた。

「待って待って、順番に撫でるから落ち着いて！」

もふもふ、ふわふわ。

優しい毛玉たちに襲われて、気が付けば私の落ち込みは、どこかへ行ってしまったのだった。

◇◇◇

「ごめんなさい、待たせたわね」

「ぎゃうっ！」

庭師猫達のなでなでを終えた私は、よろよろとウィンテルの元へと向かった。子供のクルルは待ちくたびれたのか、すよすよと寝息を立て丸まっていた。

今日、私はこの後、ウィンテルらを連れ魔術局に向かう予定を入れている。

雪山猫は通常、滅多に人里に現われることがない、極めて希少な幻獣だ。

そんなウィンテルの力を調べるため、魔術局から協力を依頼されている。私としても、ウィンテルらの力を正確に把握しておきたいため渡りに船。既に何度か、魔術局に共に通っているのだった。

自室に戻り、手早く乱れたドレスを着替えると、馬車に乗り離宮を後にする。

まだ約束の時間まで少し余裕があるので、道すがらにある、庭師猫達の畑・その2を確認していくことにした。

離宮で暮らす庭師猫達は着々と増え続け、百匹の大台を超えている。

離宮の裏にある畑だけでは手狭で、けれど今以上に林を切り拓くのも良くない、ということで、王城の敷地内にある、使用者がいなかった一角を、庭師猫の畑としてグレンリード陛下から借り受けていた。

林に囲まれた畑・その1と違い風通しがいいため、進んで畑・その2を選んだ庭師猫も多い。

寝床にしている離宮からは少し距離があるため、毎朝てくてくと集団で歩いていく庭師猫達の姿は、王城の新たな名物の一つになっている。当然のごとく、ナタリー様はその一員だったりした。

かつては人間から隠れるように暮らしていた庭師猫達も、度重なる功績が認められ、立派な王城の一員になりつつあるのだった。

「うんうん、こっちも畑仕事を頑張ってるわね」

馬車から降り、庭師猫達の働きっぷりを観察する。

こちらに気が付いた庭師猫達が、鍬を片手に手を振ってくれる。

私も手を振り返すと、軽く畑を見回し異常がないか確認した。

「んん……？　あそこだけ妙に、畑が何もないわね」

畑の片隅、五メートル四方ほどの土地が、ぽっかりと空けられている。

なんの植物を植えるために準備してるんだろう？

少し気になって聞いてみるが、庭師猫たちは顔を見合わせ首を横に振っている。

「え、秘密なの……？」

珍しいことだ。

庭師猫達は基本的に、畑に関しては隠し事をしなかった。

人間と庭師猫の常識や感覚の違いのせいで、すれ違いや情報の取りこぼしはそこそこあるけど、こちらから尋ねた事柄に、答えてくれないのは珍しいことだ。

「育ってからのお楽しみ、ってこと？」

尋ねると、庭師猫達は小さく頷いている。

気になるが、無理に聞き出すのも悪いし、素直に今後の楽しみに取っておくことにしよう。

庭師猫達に別れを告げると、私はウィンテルらと共に馬車に乗り込んだのだった。

◇◇◇

「ウィンテルの力を借りたい、ですか？」

魔術局の建物にて、一通りの検査と計測を終えたところに。

制服の黒いマントを雑に羽織った、リディウスさんがやってきた。

「ウィンテルの負担にならない範囲なら大丈夫だと思います、けど……」

言葉を切り、まじまじとリディウスさんを見てしまった。

長すぎる前髪に、ところどころ寝癖らしき跳ね跡がついているのはいつも通り。

細身の体に羽織った黒マントに、魔術の実験で着いたらしき焦げ跡があるのもいつも通りだけど、目の下の濃く深いクマには、さすがにぎょっとしてしまった、

「リディウスさん、最後にきちんと寝たの、いつか覚えていますか？」

「昨日、二時間は寝ている」

「それはきちんとした睡眠に入りません！」

思わず突っ込んでしまった。

私の叫び声が寝不足の脳に直撃したのか、ぐわんぐわんとリディウスさんの頭が揺れている。

あわや、床へと倒れこむところで、背後から水色の塊が駆けつけてきた。

「きゅぴっ！」

水色の羽毛のくるみ鳥だ。

リディウスさんを受け止め、倒れこまないよう器用に支えている。

くるみ鳥はふん、と嘴から息を吐き出すと、よりリディウスさんの体が安定するよう、胴体の向きを変えていった。そのまま近くの長机へと歩き、リディウスさんを横たえ、丁寧に嘴で毛布までかけてやっている。

「お母さんだ……！」

甲斐甲斐しく世話を焼く様子は、ダメ息子の面倒を見るお母さんそのものだ。

寝息を立て始めたリディウスさんの姿を満足げに見る瞳には、確かな慈しみの光が宿っている。

「同じくるみ鳥でも、うちのぴよちゃんとは全く性格が違うわね」

ぴよちゃんは天真爛漫やりたい放題。

そこがかわいらしくもある、元気いっぱいな幼稚園児のような性格をしている。

人間と同じように、くるみ鳥も個体間の性格の違いがかなり大きいらしかった。

「毎度毎度、リディウスがみっともないところをお見せしてすみません」

水色のくるみ鳥を見ていると、魔術局職員のオルトさんがやってきた。

実験途中だったのか、腕には魔術式が書かれた紙の束が抱えられている。

「いえ、こちらが職場にお邪魔している身なのでお構いなく。リディウスさん、新しい紋章具の研究と開発に、相当熱中していたんですか？」

「ええ、そのようで――」

「そうだそうだともついに新しい紋章具の開発に成功したんだ！」

オルトさんの言葉に被せるように、がばりと起き上がり喋りだすリディウスさん。

「きゃっ⁉」

「ぴっ⁉」

くるみ鳥と一緒に、びくりと私も驚いてしまった。

リディウスさん、熟睡してるかと思いきや、『紋章具』という言葉に反応し跳ね起きたらしい。

筋金入りの魔術オタクは今日も健在なようだ。

「リディウスさん、体の方は大丈夫ですか……？」

「問題ない。レティーシア様の訪問に合わせて、紋章具を完成させられたのだからな」

「私の訪問に合わせて？　お気持ちは嬉しいですけど、くれぐれも無理はしないでくださいね？」

言いつつ、本気でリディウスさんが心配になってきた。

元から寝食を疎《おろそ》かにしがちな人だけど、いつか本格的に体を壊し、帰らぬ人になりそうで怖い。

水色のくるみ鳥も同じ気持ちなのか、呆れ半分心配半分、といった眼差しを注いでいる……ような気がした。

「ほらおまえ、レティーシア様にも言われてるぞ？　もう大人なんだから、体調管理くらい自分でできるようにしろ」

「徹夜した分その後はきちんと寝ている」

「あれは気絶であって睡眠じゃないからな⁉」

キレ気味にまくしたてるオルトさん。

こちらも相変わらず、同僚に手を焼く苦労人のようだ。

前世社畜として、がぜん労りたくなってきた。

「オルトさん、お疲れ様です。今度、うちの離宮で、私と料理人で作った新作料理の試食会をするので、よければいらっしゃいますか？」

「え、よろしいんですか？」

「離宮の使用人だけでなく、いろんな方の意見を聞いておきたいんです。こちらの魔術局で作っていただいた紋章具も利用して料理を――」

「ならば、僕も行かせてもらおう」

私の言葉を遮り、リディウスさんが会話に参加してくる。

狙い通りの流れだった。

「リディウスさんもですか？」

何気ない風を装い尋ねる。

紋章具を話題に出せば、魔術オタクのリディウスさんが食いついてくるのは予想できた。

試食会に参加するなら、途中で倒れられては困るから、きちんと体調管理をしてきてください。

そんな風に会話を繋げて、オルトさんに助け舟を出そうと思っていたのだけど。

「紋章具、食べたい」

「へ？」

いきなり何を言い出すのだろう？

あっけに取られていると、どんよりとクマをはりつけたまま、リディウスさんが口を開いた。

「違った間違えた正しくはレティーシア様と二人で紋章具食べたい、だ」

「はぁっ⁉」

オルトさんが叫んだ。

私もびっくりとして、でもすぐさま悟った。

リディウスさん、これ、眠気が限界突破して、脳みそバグってるやつじゃない？

予想を裏付けるように、リディウスさんの体が前へと傾いでいった。

「あ、また、違う。レティーシア様が、紋章具、使って、作った、料理、ふたりでたべ……」

「……今度こそ力尽きてくれましたね」

またもやくるみ鳥に抱き留められたリディウスさんを、ルシアンが極寒の笑顔で見ていた。

「王妃であるレティーシア様と二人きりで食事をしたいなど、無礼千万もいいところです」

「……ただの言い間違いに、そこまで辛辣にならなくてもいいわよ」

「言い間違いだからこそです。……時に本音は、思わぬ形で零れるものですからね」

ルシアンは言いつつも、ずり落ちかけたリディウスさんのマントを直してやると、くるみ鳥へと指示を出した。

「この生活不適合者は、向こうの仮眠室にでも寝かせておいてください。その間に用事を済ませて、私達は早く離宮に帰りましょう、レティーシア様」

◇　◇　◇

「ウィンテルの準備、できました。そちらはどうですか？」

「こちらも完了です。打ち合わせとおりにお願いします」

三十メートルほど離れた場所から、オルトさんが返事をよこしてきた。

魔術局の外、実験用に設けられた空き地にて。リディウスさんが開発した紋章具の実験を、私達は依頼されていた。

当のリディウスさんは爆睡中だが、紋章具の仕上がりには問題ないらしいし、後で結果を報告する形だ。少し申し訳ないが、無理に起こすのもはばかられるため、今回は我慢してもらおう。

「よし、ウィンテル、よろしく」

「がうっ！」

ウィンテルは一声鳴くと、体の周りの空間に、何本もの氷の槍を生み出していった。

実験内容は、防御用の紋章具の強度試験。

魔石に蓄えられた魔力で動く紋章具は、魔術師でなくとも魔術同様の現象を引き起こすことのできる優れモノだ。

オルトさんが、大きな指輪型の紋章具を起動すると、土の壁がせり上がってくる。素早く紋章具をその場において退避すると、代わりに壁の後ろに、人型の的を差し入れたのが見えた。

「今までは毎回、あの的がボロボロになってたけど……」

今日はどうなるだろう？

ウィンテルの力試しを兼ねて、何度か防御用の紋章具の強度試験を行ったけど、いずれも打ち破ってしまっている。よほどの大型のものにならない限り、紋章具で生成される防壁は、魔術師自ら作り出すものに強度が及ばなかった。ウィンテルの氷の槍は早く鋭く、木や土はもちろん、そこそこ分厚い鉄板でさえへこませぶち抜いてしまうほどの威力がある。

「ぐるあっ！」

咆哮とともに、氷の槍が高速で放出される。

狙いは過たず全弾命中。

轟音を立て壁が崩れ落ち……ていない。

砕け散ったのは氷の槍だけ。土の壁はへこみ抉れているものの貫通はしておらず、依然としてそそり立っていた。

「ぎゃうぅ……」

悔しそうに、ウィンテルが歯ぎしりをし唸り声を上げている。

今のはウィンテルの放てる最大出力の攻撃だ。今まで何枚もの防壁をぶち抜いてきた攻撃が通用せず、プライドが傷つけられたらしい。

「ウィンテル、そんな落ち込まないで。あなたの強みは氷だけじゃなくて、高い身体能力から繰り出される機動力もあるでしょう？　実戦なら、壁の横や後ろに回り込んで、攻撃のチャンスを作れるはずよ」

「うぅ……」

励ますも、ウィンテルはまだ悔しそうにしている。拗《す》ねた顔をしたまま、じっとこちらを見上げ、何かを訴えてきている。

「……えっと、私にあの壁をぶち抜いてほしいってこと？」

「ぎゃうっ！」

ウィンテルが頷いている。

主人である私に、リベンジをしてもらいたいらしい。

グリフォンのフォンといい、賢く強い幻獣は、主人に力を示してもらいたがる癖があるようだ。

「オルトさん！　今度は私の魔術で、あの防壁を破れるかやってみてもいいですか？　ちょっと試してみたい魔術があるんです！」

「いいですよいいですよ！　ぜひ見せてください！」

心なしか興奮したような声色でオルトさんが言った。

リディウスさんと並ぶと苦労人の面が出るオルトさんだけど、魔術局に勤めているだけあって、魔術への興味は人一倍強いようだ。わくわくとした目で、私が魔術を使うのを観察している。

オルトさんとウィンテル、二人分の期待の視線を感じつつ集中する。

高位の魔術を使えば、防壁を貫くことはそう難しくないはず。

しかし、それでは魔力のロスが大きいし、そんなわかりきった結果を出しても、実験の意味がなくなる。

故に使用するのは第七階梯、中位魔術に分類される攻撃魔術。

私なりのアレンジを加えて、思い描いた通りの形で発現させていく。

『炎は真円《しんえん》に。拳は紅蓮《ぐれん》に。轢弾《れきだん》となり疾走せよ！』

空中に灯った炎が瞬間にして凝縮。

『真紅の礫《つぶて》』の改良版が眩い光の軌跡を描き、土の壁へと着弾した。

「よしっ！　抜いたっ‼」

期待通りの結果にガッツポーズをする。

土壁にはぽっかりと小さな穴が開き、反対側にまで貫通しているようだ。

「ぐぎゃうっ！」

お見事です！

というようにウィンテルが方向を上げ、尻尾がぱたりと振られている。

「できました！　これでどうでしょうか？」

ウィンテルを撫でつつ、オルトさんと上司のボドレー長官に声をかける。

「……驚きました。今の詠唱、『真紅の礫』ですな？　なぜその術式で、あれほどの威力が出せるのですかな？」

「炎の密度を高めて、凝縮して打ち出しただけです。攻撃範囲は狭まるけど、その分貫通力は増したはずです」

魔術は術式の構築とともに、術者のイメージも大切になってくる。

その点、私は前世の記憶がある分とても有利だった。

この世界ではまだ知られていない様々な現象や科学の成果、それに様々なフィクション作品の映像で溢れていたため、イメージ元には事欠かないのである。

今の魔術だって、前世の銃をイメージして発動したものだ。

通常、こぶし大から人の頭の大きさほどの炎の玉を放つ『真紅の礫』を、ビー玉ほどの大きさに凝縮して放つよう調整している。

普通の攻撃魔術は攻撃範囲が広すぎ、周りへの被害を考えると使いにくいところがある。

なので、必要な箇所にだけ火力を集中できるよう、地道に改良を重ねていたのだ。

攻撃魔術なんて、使う機会がない方がよほどいいのだけど、残念ながらそう甘いことばかりも言っていられない。ついこの間だって、故郷エルトリアで騒動に巻き込まれたばかりだ。

備えあれば憂いなし。

元よりこちらのお兄様達に、いざという時の対処法は叩きこまれている。

安心して毎日を送るためにも、魔術の研鑽《けんさん》にこれからも励むことにしよう。

「密度を高めて凝縮しただけ、とは……。それが簡単にできれば私達研究者はいらないんですがね……。レティーシア様、今日もぶっ飛んでらっしゃいますな」

頭をかきつつ、ボドレー長官が近づいてくる。

「ありがとうございます。実験はこれで終了ですか？」

「ええ、終了です。紋章具の性能は上々のようです」

「え？」

　壁は貫通されてしまったのに？

　疑問を感じていると、ボドレー長官がこちらを手招いた。導かれるままに進み、壁の裏を見て、私は感心して声を上げた。

「なるほど、二重の守りになっていたんですね。壁が本命、と見せかけて、壁で遮られて見えない位置に穴をもうけ、そこに避難して攻撃をやり過ごすんですね」

　壁の裏側、人が座れるほどの穴が生まれている。中に横たえられた人型の的には、傷一つついていないようだった。

「ふおっふおっふおっ、リディウスも面白いことを考えるでしょう？」

「発想の逆転ですね。お見事です」

　土系統の魔術を使い、穴を作るのは珍しいことではない。敵の足元を狙って落とし穴を作るのは私もやっているし、敵の歩みを遮るために、自分との間に穴を掘る戦術もあったらしい。

だけど、ただの穴では迂回されれば意味がないし、宙を飛ぶ魔術や弓矢に対しては無力だ。

　その点、リディウスさんの作った紋章具は、敵ではなく自分が穴に入ることで攻撃をよけることができるようになっている。それだけでは穴の中で動きづらくなり的にされかねないところを、同時に土の壁を作り防壁兼目隠しにすることで克服しており、なかなかに優秀な紋章具のようだ。

土の壁と穴、そして穴の中に置かれた紋章具を、私は興味深く観察した。

穴の中に潜み、攻撃を避けるというコンセプトは、前世でいう塹壕《ざんごう》に似ているのかもしれない。

仕組みがわかれば攻略自体はできそうだけど、初見の相手に対しては有効に違いない。

「穴を掘って出る土をそのまま壁に回すことで、魔力を節約しつつ防壁の強度を上げて……？」

「上手く考えてあるでしょう？　まぁ、思いついてもそう簡単に実現はできませんが、リディウスはあれで優秀ですからな」

だからこそ、あぁも生活力がなくともなんとかなってしまっているのじゃがな、と。

ボドレー長官が苦笑している。

この国の魔術師の中で上位の人々が集まる魔術局の更に上澄み、それがリディウスさんだった。

「すごいですね。この紋章具があれば、飛び道具や魔術に対してはかなり優位に立てそうです。リディウスさんお手柄ですね」

「あぁ、そうですな。そうだったらよかったんですが……問題は製作費用でしてな。望み通りの効果を得られるよう、リディウスのやつ、これでもかと貴重な触媒を使っていまして……」

「……ちなみに、おいくらほどで？」

好奇心で尋ねてみて、返ってきた答えに驚く。

余裕で平民の家どころか、下手したら貴族の家が建つくらい高かった。王妃である私だって、ぽんと出すには躊躇するほどの金額だ。

それを惜しげもなく使いまくるとは、さすがリディウスさんと言うほかない。それほどまでに、リディウスさんの頭脳は期待されているということだ。

一度、紋章具の大枠の術式について完成させておけば、その後の開発努力で、コストダウンに成功する確率は高いものね。

「この頃、南のリングラード帝国の動きも活発で不穏ですからな。わしらも、有用な魔術や紋章具を開発できるよう、方々から圧力をかけられております」

「それだけ、皆様の魔術と頭脳に、期待されているのでしょうね」

ボドレー長官を労わりつつ、現在の西方大陸の勢力図を思い浮かべる。

十数年前まで、リングラード帝国は大陸にいくつもある、中規模の国にすぎなかった。それが、現皇帝・イシュナード陛下の代になってからめきめきと頭角を現し、いくつもの国を呑《の》み込み、今や大国になりつつあった。

私も、この春、エルトリアで直接イシュナード陛下と会話し、そのくせ者ぶりを実感している。

短い接触だったけれど、圧倒的な覇気と底の知れなさは、はっきりと印象に残っていた。

幸いにして、この国とリングラード帝国は国境を接しておらず、間にはいくつか小国があるが、数年後にはどうなっているかわからない。

グレンリード陛下は数年間、隣国との小規模な戦を勝利に導き、『銀狼王《ぎんろうおう》』の二つ名を戴《いただ》くことになったくらいだから、そう簡単にリングラード帝国に押し負けるとは思わないけれど……。

国際関係の常としても、心配の種は尽きなかったし、ボドレー長官も同じ考えのようだ。

「グレンリード陛下の治世になってからは、魔術局への予算も増額され、魔石の供給も増えておるのが救いですな。山猫族との関係改善は大きい。これも山猫族と人間の友好を深めてくれた、レティーシア様のおかげですぞ」

「ケイト様達が、便宜をはかっていてくれますからね」

こと、紋章具に必須の魔石に関して、ケイト様達東部地域の山猫族の貢献は大きかった。

魔石の多くは、魔物の亡骸から採取されている。

この国、ヴォルフヴァルト王国は領土の北東部において、魔物たちが跋扈《ばっこ》する魔物領と接しているため、『大いなる盾』と呼ばれることがある。国境部の守りは堅いが、完全には魔物の侵入を防ぎきることができないのが現状だ。どうしても被害が出る半面、魔石を手に入れる貴重な機会になっており、魔石の売買の収入は、東部地域の予算源の一つになっていた。

「東部地域は魔石を出し渋り値段のつり上げを狙うばかりでしたが、ケイト様とお父上が人間に対する歩み寄りを深めた今、魔術局や国の重要機関に対しては、前より安価で提供してもらっております。見返りに、こちらからも研究成果の紋章具を提供することになりましたが、差し引きでいえば大きく好転してますからな」

「相互に得になる、良い取引ですよね」

東部地域では魔石が多く手に入るが、山猫族だけでは、十分に魔石を活用することが不可能だった。山猫族は高い身体能力を持つ反面、魔力を操り魔術を使うことは不可能。紋章具自体は、魔石があれば誰でも使用することができるとはいえ、その調整や開発には、やはり魔力を扱える人間の方が圧倒的に有利だった。

山猫族は魔石を安価で提供し、代わりに魔術局の人間達は、作成した紋章具を山猫族に供給する。互いの長所を活かした取引は、国力全体の底上げにも繋がっていく。

人間と山猫族が反目し合ったままでは机上の空論だった取り組みも、少しづつ実現していた。

「山猫族に限らず、獣人というのは魔術のなんたるかに理解を示さぬ、体力任せの野蛮な者どもと思っておりましたが、腰を据えて対話すれば、存外に話の通じるものが多いですな。あのリディウスでさえ、若い犬牙族の騎士とたびたび会話しているようです」

「キースさんですね。私の離宮でも、リディウスさんの作った調理用の紋章具を使ったチョコレートフォンデュを、一緒に仲良く食べていました」

思い出すと微笑ましくなる。

以前、魔術局を巻き込んだ騒動で、キースさんとリディウスさんの仲は一触即発状態になったが、雨降って地固まる、のことわざ通り、今では良好な関係を築けているようだ。時折二人が鉢合わせして、口喧嘩をしつつもまんざらではなさそうのを見かけた。

「あの、出不精、口下手、めんどくさがりの三拍子が揃った魔術至上主義者のリディウスが獣人と友誼《ゆうぎ》を結ぶとは、儂としても嬉しい誤算です。ほんにリディウスは、あれで生活態度さえもう少し、あとほんのちょっとまともなら、文句のない逸材なんですがな……」

ボドレー長官の愚痴に、私はノーコメントを貫く。

ほんと、リディウスさん、才能は一級品だし人柄も悪くないんだけどね……。

リディウスさんも、それに私のクロードお兄様も、頭はものすごくいいはずなのに、どうしてあんなにも日常生活が残念なんだろう？

　ベクトルは多少異なれど、ダメ人間度がだいぶ高い二人だ。

「リディウス様、少しクロード様を思い出しますね」

　ルシアンが苦笑し呟いた。

　主従同士以心伝心、私と似たようなことを考えていたらしい。

　三人いるお兄様の内、一番下で私と年が近く、一番仲も良いクロードお兄様だけど。

　私がこの国に来たきっかけ、フリッツ元王太子殿下との婚約破棄をもくろんだ……ともちょっと違うけど、あり余るその頭脳で、婚約破棄へと誘導したのは間違いないらしい。

　なぜ、私をかわいがってくれていたクロードお兄様がそんなことをしたのか。

　私の婚約破棄は、目的ではなく通過点。手段の一つにすぎないらしいが、だとしたら本命は、狙いは。クロードお兄様の真の望みは何であるのか。

『でも、一つだけ言えるのは、俺も陛下と同じように、レティの幸せを祈っています。レティを不幸にするようなことは、できる限りしないつもりですよ』

　と告げたクロードお兄様のこと、信じてはいるけれど。

　信じているからこそ、クロードお兄様が今どこで、何をしているのか少し心配だ。

　危ないことはせず、大人しくコタツに入って、お酒でも飲んでいてくれたらいいのだけど、と。

　遠い空の下のどこかにいるクロードお兄様へと、私は思いを馳せたのだった。

間章　その頃の兄達は

レティーシアが魔術局を訪れ、紋章具の実験に協力していた少し後。

西方大陸の南東部、リングラード帝国のとある都市の裏路地にて。

「やぁ、ヘイルート。久しぶりだね」

ぶらりと町を歩いていたら友人に出会った、といった風な気さくさで。

気の抜けた笑みを浮かべたクロードが、ヘイルートへと歩み寄ってきた。

「奇遇っすね。クロード様は相変わらず。にゃんこも元気ですか？」

「にゃっ！」

ヘイルートが笑顔で言うと、クロードの肩の上、白黒ハチワレ模様の庭師猫が律儀に挨拶を返してきた。みかんを愛する庭師猫、みーちゃんはクロードと気が合い行動を共にしているらしい。

（動物に嫌われるオレにも物怖じしないあたり、クロード様と似て変わりものですよね）

蛇の精霊の先祖返りであるヘイルートは犬、猫、馬、羊などから嫌われ遠巻きにされている。

例外は鱗馬《りんば》やトカゲなどのウロコを持つ生き物だけで、温かな体温を持つ動物とは滅多に触れ合えないため、ヘイルートを恐れないみーちゃんのことは気に入っていた。

みーちゃんを連れたクロードのことも、ヘイルートはいい飲み友達だと思っているが、それでも油断はできない相手だった。

「今度また飲みに行きませんか？　とお誘いしたいところっすけど……」

ヘイルートは空を仰いだ。

夕暮れ時、夜へと暗闇と静けさの増す時間帯のはずが、今日はどことなく騒がしかった。

耳をすませばかすかに、兵士の叫び声らしきものが聞こえる。

「やらかしたの、クロード様ですね？」

兵士たちが殺気だっているのも、ここでヘイルートと出会ったのも。

クロードがとある帝国の機密情報を狙い、何かしら行動を起こしたからに違いない。

（先を越されたみたいですが、さて、どうしますかね……）

クロードが手に入れたであろう情報は、ヘイルートも追っていたものである。

リングラード帝国に思うところのある者同士仲良く情報を共有、というわけにもいかなそうだ。

今回はヘイルート単独ではなく、祖国であるライオネル王国の諜報員達もこの都市に潜入しているが、下手に仲間を呼び集めても、逆にクロードに利用されて終わる可能性が高い。

どう立ち回るか考えていたところで。

ヘイルートはわずかに視線を動かし、すぐさまクロードが半歩体をずらし、

「にゃあっ⁉」

寸前までクロードのいた場所に突き刺さる短剣。

急な動きに振り落とされかけ、みーちゃんが抗議の叫びをあげている。

ぺしぺしとクロードを叩きつつ、金色の瞳を爛々とさせ、路地の奥を睨みつけた。

「あぁ、悪いな。君に危害を加える気はなかったんだ。後で一曲歌ってやるから許してくれ」

謝りつつも全く悪びれず様子もなく、吟遊詩人のレナードが姿を現した。

(レナードまでお揃いとはね)

ヘイルートは知っている。

レナードがただの吟遊詩人ではなく、ヴォルフヴァルト王国に属する間諜《かんちょう》であることを。

そして、国王グレンリードの兄であり、公には亡くなっている元王子であることも、自身の特殊な瞳によって半ば確信していた。

ヘイルートの瞳は、常人には見えざる魔力と熱の動きを映し出す。

人の持つ魔力の流れ、体内での分布は個人ごとに異なるが、親兄弟や血縁者には共通した特徴、体質とでもいうべき偏りが見られることが多い。

レナードの持つ魔力の偏りは、ヴォルフヴァルト王国の前国王の、正妃を輩出した一族のものとよく似ている。

それに加えてレナードの年恰好、言動、ヴォルフヴァルト王国の王室周りの事情、その他いくつかの情報を考え合わせると、十中八九、その正体は察せられた。

レナードは短剣を指先で弄びながら、ヘイルートへとちらと視線を向けた。

「手は出さないでくれよ？　そちらさんにとっても、悪い話じゃないはずだろう？」

「……」

ヘイルートは素早く打算を巡らせた。

兵士達が騒がしいのは、クロードが機密情報を盗みだしたからだと思っていた。が、正確にはクロードだけではなく、レナードも機密情報の奪取に成功したのかもしれない。

（情報を独り占めするために、クロード様を排除しようとしている？　いや、それとも、レナードもまだ情報を手に入れられていなくて、クロード様から奪い取ろうとしている？　その割には余裕があるように見えるから、やはり情報自体は既に入手ずみなのか、あるいはオレにそう思わせるための演技っすかね？　クロード様だけに敵意を向けオレを放置しているのも、オレを油断させるためわざとやってるのかもしれませんね……）

思考を回しつつも、ヘイルートは二人の動きに気を配った。

どちらにしよ、二人で潰し合ってくれれば上々だ。

警戒心は保ちつつ、ひとまずは傍観を決め込むことにした。

レナードはクロードへと笑いかけ、大袈裟に両手を広げた。

「男ばかり三人。花がなくてむさくるしいからな。手早く情報を渡して、ご退場願えないか？」

「そうだね、お望み通り、俺は帰らせてもらうよ」

肩から地面へ。みーちゃんが下りていくのを見つつ、クロードが肩をすくめた。

ヘイルートの目に映る魔力の流れが、強く濃密になっていく。

「情報の奪い合いは、残る二人で思う存分やってくれ」

言い捨てると宣言通り、クロードは踵を返し走り出した。

当然、逃走を予測していたレナードも動き出し、俊足で距離を詰めていく。

（早っ！　やっぱあいつ、『半獣』で間違いないっすね）

レナードの身体能力は、明らかに人間を逸脱している。前から、純粋な人間にしては魔力の流れがおかしいと思っていたが、やはり『半獣』で確定だったようだ。

人間と獣人の混血児、『半獣』には時折、両者の長所を引き継いだ子が生まれることがある。

獣人の力強さと、人間の扱う魔術。

両方を兼ね備えた存在が、目の前のレナードだった。

短剣を躍《おど》らせ風の刃を振るい、容赦なくクロードの進路を遮っている。

体術と魔術を交えた攻勢は巧みで、クロードも簡単には振りはらえないでいるようだ。

「おっと！　危ないな」

レナードがひらりと横へ跳んだ。

クロードの仕掛けた攻撃、土属性魔術による落とし穴の連打もあっさり避けられている。単純な身体能力や魔術の腕前だけではなく、状況判断能力も相当に高いらしい。

しかしおかげで、ほんの少しだが時間が稼げたようで、クロードは素早くレナードと距離を取り直していた。

「さすがのクロード様でも、あれは厳しいっすかね？」

ヘイルートは足元へと話しかけた。

いつの間にやってきたのか、みーちゃんが座りこんでいる。

手にはどこからか取り出した剥《む》かれたみかんを持っており、クロードらの戦闘を見つつむぐむぐとほおばっていた。

「うーん、図太い。それともなんだかんだ、クロード様が勝つと信じてるんすかね？」

「………………」

ヘイルートの問いかけに答えず、みーちゃんはじっと二人の姿を追っている。

視線の先では息を切らせたクロードが、それでも舌は止めず口を回していた。

「はぁ、しつこいな。詩人なら詩人らしく、酒場で歌いにでも言ったらどうだい？」

「凱旋の歌を奏でるつもりだ。おまえも聞いていくか？」

「凱旋の歌？　酒場に行く前から酔って正気をなくすの、俺よくないと思うよ」

自らの酒癖を高い棚に放り上げ、クロードが哀れむように笑った。

時間稼ぎかなにかのための挑発かと思ったが。

（あ、これ違います？　クロード様、素でレナードのこと煽ってますか？）

理由まではわからないが、クロードはレナードのことをよく思っていないのかもしれない。

レナードの方もなんとなくだが、クロードのことを嫌っている気がする。

二人は魔術の応酬を繰り返しながらも、互いに罵り合っていく。

「ほんと、君も諦めが悪いな！」

「その言葉、そのままおまえに返してやるよ！　しつこい男は女に嫌われるぞ？」

「余計なお世話だよ。君はそんなだから、レティに胡散臭がられるんだろ！」

レナードの短剣を紙一重で避け、クロードが悪態をついた。既に息が上がっているにもかかわらず、いちいち言い返しているあたり、だいぶ腹が立っているのかもしれない。

レナードの方もどこかいらだった様子で、クロードに相対していた。

「はは、兄のくせに、レティーシア様を騙してばかりいるおまえより遥かにマシだろう!?」

言い放つと、目にもとまらぬ速度で斬撃を繰り出すレナード。

斬撃が来るタイミングを完全に見切って躱《かわ》したように見えたクロードだったが、攻勢に転じる程の余裕はないようだ。

泥仕合を繰り広げる二人を油断せず見つつ、ヘイルートは思考を巡らせていった。

（二人とも、根本的に相性が悪いのもあるのかもしれませんが……。妹が大好きなクロード様は、レティーシア様に近づく女好きのレナードのことが目障り。レナードの方は、どうしようもない事情でグレンリード陛下と公に兄弟としてすごすことができない身だから、堂々と兄弟として接せられるにもかかわらず、妹であるレティーシア様に嘘をつき心配をかけている兄であるクロード様のことが気に食わない、ってとこですかね？）

くだらないといえばくだらないが、本人達なりに譲れないところなのかもしれない。

（お二人それぞれの妹と弟、レティーシア様とグレンリード陛下は真面目な良い方なのに、兄の二人は割と残念な人たちっすよね……）

レティーシアもグレンリードも、癖の強い兄に苦労していそうだ。

兄妹《きょうだい》とは絶縁しているヘイルートとしては、それはそれで羨ましい気がしなくもないが、とりあえず内心、レティーシアとグレンリードには応援を送っておくことにした。

クロードとレナード、どちらかが劣勢となったら介入し漁夫の利を得ようと考えていたが、二人ともあれで隙を見せていないため、今のところ傍観が最善手だ。

みーちゃんと共に観戦していると、遠かった兵士の声が、徐々に近づいてくるのを感じた。

レナードらも気が付いたようで、無言でにらみ合っている。

「……仕方ない。無粋な闖入者《ちんにゅうしゃ》がやってくる前に、俺はお暇させてもらうぞ」

すぐさま切り替え、レナードが路地の闇へと消えていく。すぐに足音すら聞こえなくなり、あれでは並の兵士らでは到底捕らえられなさそうだ。

「あぁ、疲れた。俺も帰って早く本を読みたいよ」

こちらもあっさりと戦闘を放棄し、クロードがため息をついている。

何か所か血が滲んでいるが、深い傷はなさそうで、本人も気にしていないようだ。

先ほどまでレナードと戦い罵りあってたようには見えないけろりとした様子に、ヘイルートは疑問を投げかけた。

「クロード様、もしかして、レナード様に悪口言ってたの、ただの演技だったりします？」

「ご想像にお任せするよ」

クロードは肩をすくめると、すいと左手を横に差し出した。

「にゃ！」

すぐさまみーちゃんが、クロードの手を伝い肩へとよじのぼった。定位置に陣取り、ゆらゆらとしっぽを揺らしている。

「じゃあね、ヘイルート。次こそは、一緒にお酒を飲めるよう祈ってるよ」

「待ってください」

軽く手を振り、みーちゃんと共に歩み去ろうとするクロードを呼び止める。

「なんだい？」

「……クロード様、何か焦ってたりしません？」

ヘイルートの勘だ。

一見、クロードはいつも通りとぼけた風だが、どこか以前より余裕がない気がした。

先ほど、レナードが不意打ちを仕掛けてきた時も、クロードはヘイルートの反応を見てから対応していたように見えた。

もし、用心深く察しがいいクロードが、レナードの襲撃に直前まで気が付いていなかったのだとしたら？

（まぁ、それすら全部演技だった可能性もありますけど、クロード様が素であぁだったなら、何か他に対応すべきことがあり、レナードへの警戒が疎かになっていたか、あるいは心配事があり注意力が薄まっていた、ってことっすかね）

ただの勘にすぎないが、ヘイルートは人を見る目は自信がある方だし、クロードとは何度も酒を飲み交流があった。

その勘が、クロードが何か、彼なりに焦りを感じているのではと告げているのだ。

「なんすかね？　クロード様が危機感を持つ相手や物事は想像がつきませんが、オレでよかったら酒場で愚痴くらい聞きますよ？」

まぁもちろん、クロード様の奢りでですが、と付け加え、ヘイルートは様子を窺った。

クロードはわずかに目を伏せ、みーちゃんを肩にのせ笑っている。

「……いや、まだいいよ。酒場には、一仕事終えてから行くものだからね」

「クロード様に勤労意欲があるなんて意外ですね」

茶化しつつも、ヘイルートは瞳を細めた。

（勘で言っただけでしたが、案外本当に、クロード様なりに何か真剣に取り組んでることがあって、それが上手くいかなくて焦ってるんすかね？）

国にも名誉にも興味が無さそうで、かわいがっているレティーシアにすら嘘をついているクロードが、そこまでして何に執着しているかはわからなかったが、本人に口を開く気がないのではどうしようもない。

友人としては気になるが、ヘイルートにも間諜としての仕事がある。

去っていくクロードの背中に、ヘイルートはため息をついた。

これ以上ここに留まっても、帝国の兵士たちに目を付けられるだけだ。

すみやかにこの場を去ろうとしたところで、ヘイルートの口がひとりでに動いた。

「王と王妃、聖なる獣に天の翼、古き皇国と新しき帝国、そして魔術師。……役者は揃いつつあるが、さてどうなるだろうね？」

風の囁きのような、誰にも聞こえない呟き。

発したヘイルートさえ気が付かないまま、夕暮れの空へと消えていったのだった。

二章　はちみつ料理を堪能しましょう

「みてみて、クロードおにいさま！　はちみつがたくさんおちてきてるわ！」

とろりとろりと滴《したた》り落ちるはちみつ。

蜜ぶたの切り取られた巣から、黄金の液体があふれ出ている。

見ているだけで口の中があまーく、幸せになるような光景に私は唇をゆるめた。

「きれい！　おいしそう！　もうたべられるのかな？」

わくわくを抑えきれず、私は身を乗り出した。

その途端、

「きゃふっ⁉」

強い風に煽られ、髪がくしゃくしゃになってしまった。

巣の周りを飛ぶ蜜蜂《みつばち》がこちらにこないよう、巣との間に、魔術で風を吹かしていたのだ。

顔に張り付いた髪を取ろうと、私はわたわたと小さな手を動かす。

「あはは、レティはせっかちだね」

「っ、もう、クロードおにいさま！　笑ってないで手伝ってください！」

「ごめんごめん、今やるよ」

からかわれ、ぷんすこと怒る私をなだめるように頭が撫でられる。

クロードお兄様は私の顔にかかっていた髪を取り払うと、軽く漉《す》いて整えてくれた。優しい手つきに満足した私は、すぐに機嫌を直しはちみつを見つめる。

巣箱から取り出された蜂の巣。その表面を覆っていた密ぶたがはがされ、流れ落ちてくるはちみつを、下に置かれた器で集めているようだ。

「これ、すぐたべられるの？」

風が当たらないぎりぎりまで近づき、私はごくりと唾を呑み込んだ。

「いや、まだだよ。一度布を通して、ゴミやほこりを取り除かないといけないからね」

私が前に出すぎないよう、後ろから抱きしめつつ、クロードお兄様が説明をしてくれた。

「……ちょっとだけ、いますぐたべちゃだめ？」

食い下がる私に、クロードお兄様が困ったように笑った。

「駄目だよ。レティもお腹を壊して、おやつのクッキーが食べられなくなるのは嫌だろう？」

「むむむ……」

今日のおやつを持ち出されて、私はうなり込んだ。

クッキーは食べたいけど、目の前のはちみつも捨てがたい。

悩んでいると、ふらふらと飛ぶ蜜蜂が目に入った。

「あれ、はちさん、ちょっとげんきなさそう？」

「人間がはちみつを取る間、蜂に刺されにくくするために、煙を焚いて動きを落ち着かせるんだ。あっちにほら、今日ははちみつを取らない巣の、元気な蜂が飛んでるよ」

クロードお兄様が指さした方では、ぶんぶんと蜜蜂が飛び交っている。巣の中に出たり入ったり。せっせと蜜をため込んでいるようだ。

「はちさん、いっぱいいいるね。あんなたくさんいるのに、みんなひとつのおうちにはいってくらせるの？」

素朴な疑問に答えてくれたのは、巣箱の近くで作業をしていた養蜂担当の使用人だった。

「巣の中には、女王蜂という偉い蜜蜂が一匹いるんですよ。他の蜜蜂のほとんどは働き蜂といって、女王蜂を助けるために、毎日喧嘩もせず働いて暮らしてるんです」

「へ〜〜。すごい。えらいんだねはちさん」

「ええ、そうでしょう。蜂達は働き者ですからな」

蜜蜂達を誇るように、使用人が笑顔で頷いた。

「ただ一匹の女王蜂のため、身を惜しまず働き続ける蜜蜂は、理想的な王と家臣の在り方を体現しているとして、多くの国で良きものとして扱われています。レティーシア様もどうか将来はこの蜜蜂達のように、国と国王陛下のため働く、良き貴族になられてくださいませ」

「うん、がんばる！」

使用人の言葉に、私は力強く頷いた。

難しい言葉もあって、完全には理解できなかったけど、精いっぱい自分なりの思いを告げた。

「がんばる！　おとうさまみたいなりっぱなきぞくになれるよう、わたしがんばるね！」

「ご立派です。さすが、あの公爵様のご令嬢だけありますね」

「やった！　ありがとー！」

お父様の名前を出され褒められ、私は両手をあげて喜んだ。

ぴょんぴょんと跳びはねていると、クロードお兄様がまた先ほどのような、困ったような笑顔を浮かべているのに気が付いた。

「クロードおにいさま、どうしたの？　わたしがりっぱなきぞくになるの、クロードおにいさまはよろこんでくれないの？」

「いや、違うよ。ちょっと別のことを考えてたんだ。父上のような貴族になりたい、というレティの決意はいいことだと思う」

クロードお兄様は笑みを優しいものに変えると、柔らかく私の頭を撫でていく。

くすぐったくて気持ち良くて、私は目を細め笑い声を上げた。

「ふふ、ありがと。でも、じゃぁ、おにいさまは、さっきなにをかんがえていたの？」

「なんてことないよ。ただ、ちょっとだけ。……ただ一匹の女王蜂のために作られた巣。それを良きものとして扱うのは、僕とは感じ方が違うって、そう思ってしまっただけだよ」

◇◇◇

「………夢」

ぼんやりと呟くと、私は目をしばたかせた。

差し込んでくる光が眩しい。

朝の日差しはレースのカーテン越しでも、寝起きの目には十分強力だった。

「あれは、確か、私が六歳、いや、五歳の時のことかしら……？」

急速に薄れていく夢の記憶を補完しようと、幼い頃の思い出を手繰り寄せる。

当時から食い意地が張っていた……もとい食への関心が高かった私は、使用人に頼み込んで、はちみつ採集の作業を見学させてもらっていた。

見学のお供はクロードお兄様だ。お母様は当時既に亡くなっていたし、お父様と上二人のお兄様も日々多忙にしていた。そのため自然と、クロードお兄様に遊んでもらうことが多かったのだ。

「あの時のクロードお兄様、確か女王蜂と働き蜂を見て、微妙な顔をしてたのよね」

当時はその理由が理解できなかったし、今でもはっきりはわからないけれど。

クロードお兄様は王家への忠誠心が薄いし、基本的に怠け者だ。

許されるなら本と酒を持って一年でも二年でも引きこもりたいと、そう公言するほどの筋金入りのダメ人間だった。

女王蜂のため延々と働き続ける蜜蜂とは正反対で、いい思いはしなかったのかもしれない。

「まぁ、そんなクロードお兄様も、はちみつは好きで普通に食べてたけどね……」

その程度の思いであり、特別何か、蜜蜂に思うところがあるわけでもなさそうだ。

夢で見なければ思い出すこともなかった、幼少期のちょっとしたやり取り。

なぜ、あんな夢を見たのかというときっと、今日は美味しいはちみつが食べられるからだ。

「フィリア様の離宮に向かうの、だいぶ久しぶりね」

南の離宮に住まう、お妃候補のフィリア様。

それほど活発に活動している令嬢ではないものの、そつなく社交はこなしているようで、私も何度も顔を会わせたことがある。

しかし、ナタリー様ら他の三人のお妃候補と比べて、私はフィリア様のことを知らなかった。

色々とタイミングが合わず、なかなか腰を据えて、お話をする機会が廻ってこなかったのである。

お飾りの王妃期間も既に半分を切った今、できるだけ早く、フィリア様の人となりについても把握しておきたい。

そんな折、ちょうどよく、フィリア様から招待状が届いたのだ。

南部地域の名物、はちみつが旬を迎えたらしい。私の料理好きを知り、招いてくれたのだ。

「ふふ、楽しみね」

フィリア様の人柄を知りたい、というのが一番の目的だけど。

大層美味しいと聞く名物のはちみつに、私は心踊っているのだった。

◇　◇　◇

侍女とレレナらの手を借り、身支度を整えた私は、早めに馬車に乗り込むことにした。

フィリア様の離宮に向かう前に、少し寄りたい場所がある。

「庭師猫達のことが気になるのよね……」

ここ数日妙に、庭師猫達がピリピリとしている。

よく一緒にいるいっちゃんは、マイペースな気質なのかそれほど変化はないけど、他の庭師猫達は多かれ少なかれ、どこかしら様子がおかしかった。

何か気に障ることをしてしまったのだろうか？

それとも、誰か人間に嫌なことをされているのだろうか？

心配になり尋ねたが、庭師猫は口を噤んでしまっている。

原因は不明だったが、『庭師猫の畑・その2』に通っている猫達は、特に変化が大きかった。

馬車が畑・その2に到着するも、歓迎してくれる庭師猫は少ない。

拒絶されているという程ではないけど、明らかに以前とは雰囲気が違った。鍬を手に土を耕し水やりをし畑仕事に取り組みつつも、庭師猫達はちらちらとこちらの挙動を窺っている。

「やはり、ここの庭師猫達が一番おかしいですね。離宮に来た当初もこちらを警戒していましたが、今ほどではなかったように思います」

「ルシアンにもそう見えるのね」

私一人の思い込みではなく、他の人から見ても庭師猫の変化は一目瞭然のようだ。

変化の手がかりを探すべく庭師猫達を眺め、私は畑の一角に目を留めた。

数日前まで植物が植えられておらず空いていた畑に、緑の芽が顔を出している。

「……そういえば、なんの植物を植えたか尋ねても、教えてくれなかったのよね」

珍しく、庭師猫らが隠し事をしたから覚えていた。

気になって観察してみると、興味深いことがわかってくる。

植物の正体は、まだ芽しか出ていないから不明だ。しかし、植物の周りの庭師猫達の行動がおかしいのはわかった。

植物の植えられた一角を守るように、数匹の庭師猫が常に近くに立っているし、異常がないか頻繁に確認している。一たび気が付けば、庭師猫達があの植物にかなりの注意を払っているのはわかりやすかった。

「あの植物が無事育つか気になって、気が立っているのかしら？」

尋ねると、薄茶の庭師猫、コムギの視線がすっとそらされる。

図星だったようだ。

「心配しないで。あなた達の邪魔をするつもりはないわ。万が一、他の人が近づいて枯らしてしまったりしないよう、対策をしたいと思うのだけど、どうかしら？」

提案すると、庭師猫は少し考えるようにした後、仲間を呼び集めた。

コムギは庭師猫達の信頼を集め、まとめ役のような扱いをされているけど、そんなコムギも、一匹では方針を決めかねるようだ。

「にゃにゃっ！」

「みゃう？」

「ににゃっ？」

「なうなうお！」

ちらちらとこちらの姿を見つつ、固まって相談をする庭師猫達。

しばらく議論は続いていたが、コムギの一鳴きを最後に全員が頷き、じっとこちらを見上げた。

「にゃうにゃう、にゃうにゃうにゃ！」

提案の通り、どうかお願いしますにゃ。

そう頼むように鳴き声をあげると、コムギはお辞儀をしたのだった。

◇　◇　◇

「ようこそ、レティーシア様。本日はお越しいただきありがとうございます」

離宮をぐるりと囲む生垣の前で、フィリア様が優雅にお辞儀をしていた。

春の庭に調和する、淡いレモンイエローのドレスを身に着けたフィリア様。たっぷりと使われたフリルやリボンがよく似合う、華奢で小柄な体格をしている。

大きな瞳はたれぎみで、春の空を思わせる淡い水色。髪はやや癖のある黒髪で、丁寧に手入れされ艶を放っている。王妃候補に選ばれるだけあり家柄も確かで、容姿の整った令嬢だった。

「ええ、お招きいただき嬉しいわ。南部地域の名産品であるはちみつをいただけると聞いて、とても楽しみにしていましたもの」

「ふふ、嬉しいお言葉です。レティーシア様のお眼鏡にかなうよう祈っておりますわ」

笑顔で挨拶を交わしつつ、中庭に用意されたテーブルへと向かう。

ルシアンが引いてくれた椅子に腰かけ、しばし会話を嗜むも、これといった手ごたえは得られなかった。

受け答えはきちんとしているが、悪く言えばそれだけ。

フィリア様自身がどんな人間で、何を思い王妃候補としてここにいるのか、というのはほとんど見えてこなかった。

表面だけを見れば、文句のつけようがない清楚な美少女。

だが、ただの純真無垢な少女が居座れるほど、王妃候補の肩書は安くない。フィリア様の人柄を探るため、歓談しつつも様子を窺った。

「――ふふ、そうだったのですね。でしたら、王都のおすすめのお店やお菓子など、お教えいただけませんか？　私はこちらに来て一年と少しです。まだまだきっと、私の知らない良店があると思いますもの」

『こちらに来て一年と少し』という部分を、少しだけ強調して告げてみるも、フィリア様は特に反応しなかった。

先ほどから不自然にならない程度に、『私が期間限定の王妃であること』や『お飾りの王妃期間も一年をすぎ、残り半分を切っていること』を会話に織り交ぜ告げているが、全てスルーされてしまっている。

フィリア様はこちらに、自らの考えを明かす気は全くないらしい。にこにこと可憐な笑みを浮かべたまま、そつのない答えだけを返してきた。

歯がゆい。

せっかく二人でお話しする機会を得たのに、このまま表面だけの会話を続けていても不毛だ。

私は少しだけ、踏み込んだ話をふってみることにした。

「――――なるほど。お教えいただいたお店は、どこも素敵そうですわ。フィリア様は確か、幼い頃にも王都に住まわれてたのですよね？　だからこんなに、王都にお詳しいのかしら？」

「ええ、そうかもしれませんね。当時はまだ、父は爵位を継いでいませんでしたから、領地ではなく王都に滞在していることも多かったです。私も父に連れられ、華やかな王都生活を楽しませていただいておりました」

「お父上もきっと、趣味の良い方だったのでしょうね。フィリア様を見ているとそう思います。今でもお父上とは、仲睦まじくされているのですか？」

「残念ですが、最近はあまりお話できていませんわ。父は領地におりますし、筆まめな方ではございませんからね」

少し眉を下げて笑うフィリア様。

噂で聞いていた通り、父親である公爵とは、あまり頻繁に連絡を取っていないらしい。

フィリア様が次期王妃として王城にあがっている今、父親である公爵は娘の動向がとても気になるはず。フィリア様の動き一つで、一族と領地の行く末が、大きく変わっていくからだ。

フィリア様の側だって、公爵である父親の権力を借り受け利用しようと思ったら、ある程度普段から手紙のやり取りをし、協力関係を築いておく必要がある。

にもかかわらず、フィリア様は公爵とあまり連絡を取っていないと告げてきた。

それが嘘か本当かまではわからないが、私に対してそう言ってきた意味は推測できる。

『父親と自分の考えは一致していない』と、わざと弱みを晒すとも思えない以上、『父親と綿密に連絡を取ってまでして、本気で次期王妃の座を取りに行く気概はない』と、いうことなのかもしれない。

フィリア様はもとより、四人の王妃候補の中では一番劣勢で、父親の全面的な協力なしでは、王妃の座を射止めることはまず無理なはずだからだ。

フィリア様が、他の三人の王妃候補に後れを取っている大きな理由は二つある。

一つ目は、この国の慣習が足を引っ張っていた。

グレンリード陛下のお父上、先代国王も歴代の国王陛下と同じように、南北東西の領地から四人の王妃候補を集め、第一王妃を選び婚姻を結んでいる。

先代の第一王妃は、フィリア様と同じ南部地域を治める公爵家の出身だった。

第一王妃を二代連続で同じ地域の出身者から選んでしまっては、他の三地域から不満が出るため、よほどのことがない限り、他の三人の候補から選ぶのが通例になっている。

そして二つ目の理由には、先代の第一王妃のやらかしが関連している。

先代の第一王妃は公にはがけ崩れで死亡したことになっているが、本当はグレンリード陛下の母上である第三王妃を殺そうとしてもろとも命を落としてしまった、と。貴族達には半ば公然とそう認識されていた。

……実はさらにもう少し込み入った事情があったのだけど、それはひとまず置いておくとして。

先代の第一王妃がやらかした結果、兄である当時の南部地域の公爵は、巻き込まれる形で隠居に追い込まれ、爵位はフィリア様の父上へと渡った。

と、言ってもそれはあくまで結果だけの話であり、実際には誰が爵位を継ぐか一族内でもめにもめ、骨肉の争いの末に公爵家の力自体が衰えてしまったのである。

フィリア様が幼い頃、領地ではなく王都で育てられていたのも、親族からの暗殺や干渉から遠ざけるためだったのかもしれない。

――先代の王妃と同じ地域の出身であり、実家の公爵家の力も弱っている。

そんな、次期正妃候補としてはかなり不利なはずのフィリア様だけど、完全に諦めているわけではないのかもしれない。

フィリア様が少し席を外し、一人になった間に情報を整理していく。

次期正妃選びで勝ち目がないと認識しているのなら、次善の策を実行するはずだ。

正妃の座につくことだけが、国政での発言力を得る手段ではない。

自分が正妃になれないとわかっているなら、他の正妃候補に協力することで、無事その相手が正妃になった時、より良い位置につくことが可能だ。

いわゆる、勝ち馬に乗るというやつだけど、未だフィリア様は他の三人のお妃候補のいずれとも、浅い繋がりしか持っていないようだった。

協力相手の最有力候補だったはずの、同じ人間であるナタリー様が、早期にほぼ正妃選びから脱落してしまったから、協力相手を選びかねているのかと思っていたけど……。

ナタリー様が脱落して一年近く経った今でも、ケイト様にもイ・リエナ様とも繋がっていないのは少し意外だった。

ケイト様達は獣人だから、なるべく手を組みたくないと思っている？

フィリア様は政治に関心が薄く、正妃選びにも深入りしないようにしている？

いろいろ理由は考えられたが、まだフィリア様本人が、次期正妃になることを諦めていない可能性もある。

虎視眈々と機会を窺い、他の三人を蹴落とす策を考えているのだろうか？

だとしたら油断できないし、対立が激化しすぎないよう、正妃の私が目を光らせる必要がある。

「……あら？」

何やら離宮の中が騒がしい。

耳をそばだてていると、ヒールを打ち付ける靴音が響いた。

一際高い靴音が鳴らされ、ふわりと豪奢なドレスが翻《ひるがえ》る。

フィリア様を従えるようにやってきたのは、歓迎できない相手だった。

「御機嫌よう、イレーゼ殿下。お会いできて嬉しいですわ」

立ち上がり優雅に礼をするも、イレーゼ殿下は面白くなさそうな顔をしている。

イレーゼ殿下は西方大陸一の大国、マルディオン皇国の第四皇女だ。

一月ほど前から、遊学を名目にこの国に滞在しているが、あくまでそれは形だけ。

真の狙いはおそらく、私への嫌がらせと妨害だ。

「御機嫌よう、レティーシア様。今日も抜け目なく、正妃候補の方と仲良くされているようね？」

手にした扇をぱちりと打ちならしながら、イレーゼ殿下が言い放った。

予定にない招待客のはずなのに堂々と、態度がとても大きかった。

後ろ盾のマルディオン皇国の力に、絶対の自信を持っているようだ。

まるでこの場の女主人のごとく振る舞っており、フィリア様の存在が霞んでいる。

「レティーシア様、驚かせてしまい申し訳ありませんでした。イレーゼ皇女殿下は偶然、この近くに用事があられたようで、ついでに、私の元を訪問してくれたそうです」

「フィリア様が謝られる必要はありません。……偶然なら、仕方ありませんもの」

偶然。

とりあえずは話を合わせ、そういうことにしておく。

フィリア様が一枚噛んでいるかまではわからないけど、十中八九、イレーゼ殿下の方はわざとだ。私の行動に逐一目を光らせ、監視するようにしているからだ。

イリーゼ殿下はこちらに笑顔こそ向けているが、目の奥にはありありと敵意が宿っている。

私も形だけの笑顔を浮かべ、寒々しい歓談を続けた。

私の祖国、エルトリア王国は、イレーゼ殿下のマルディオン皇国と仲が悪い。

ほんの数年前にも、大規模ではないとはいえ戦端が開かれ、両者痛み分けとなり終わっている。マルディオン皇国からしたら、エルトリア出身の私が、ヴォルフヴァルト王国内で発言力を増すのは許せないらしい。ヴォルフヴァルト王国とはそれなりに距離が離れているため、直接的な干渉こそしかけてこなかったけれど、イレーゼ殿下を送り込むことにしたのだ。

イレーゼ殿下の目的は、少しでも私の影響力を削ぎ落とすこと。

この一月の間で何度も妨害を受けており、地味に迷惑をこうむっている。

私とナタリー様、ケイト様の関係を悪化させようとちょっかいを出してきたのは、私と二人との信頼関係もあり大事にならなかったが、嫌がらせはまだ続いている。

この国の王であるグレンリード陛下も、イレーゼ殿下のことは歓迎していなかったが、マルディオン皇国の皇女相手では簡単に追い返すこともできず、頭痛の種になっているようだ。

問題のイレーゼ殿下は手を変え品を変え嫌がらせを続け、今日は私がフィリア様と仲を深めないよう邪魔をしにきたようだ。

フィリア様はこちらに壁を作っているから、イレーゼ殿下が来なくても結果は変わらなかった気がするけど、うっとうしいことに変わりなかった。

今日、巻き込む形になってしまったフィリア様にも申し訳ないけど……。

あるいはもしかしたら、フィリア様はイレーゼ殿下と手を組んでいるのかもしれない。

次期正妃選びで最も不利なフィリア様でも、イレーゼ殿下を介して大国のマルディオン皇国の後ろ盾を得られれば、ここから逆転する可能性も決してゼロではなかった。

そう思い、フィリア様の様子を窺うも、やはり考えが読めなかった。

強気なイリーゼ殿下にやや押され気味なものの、してやられているわけでもなく、内心の読めない笑顔で受け流し会話している。

私もフィリア様と同じように、この場は上辺だけの笑顔で対応し、イレーゼ殿下には隙を見せないようにしておく。

「ふふ、とても楽しいお喋りでしたが、そろそろ本日レティーシア様をお呼びした理由の、はちみつの採取に参りましょうか」

フィリア様の言葉で、楽しくもない歓談の時間は終了。

中庭のすみに用意された、陶器製の巣箱へと歩いていく。

「レティーシア様、いったい何をしているのかしら？　無警戒に蜂の巣箱に近づくなんて、ふふ、愚かすぎて笑いが出てしまうわ。無暗に巣箱に近づけば蜂を刺激し、刺されてしまいますわよ？」

嘲りを隠す気もなく、イレーゼ殿下が唇を歪めた。

こちらを貶《けな》す機会を、手ぐすねを引いて待っていたようだ。わざとらしく扇で口元を隠し、くすくすと笑い声を漏らしている。

「あぁ、もしかして、蜂を避けるための風の魔術さえ使えないのかしら？　だとしたら悪いことをしましたわ。初めからできもしないことを笑うなんて、かわいそうすぎますものね？」

「違います。魔術を使う必要がないからです。そんな簡単なこともわからないなんて、イレーゼ殿下の方こそ、気の毒で仕方ありませんわ」

「……なんですって？」

ぴしり、と。

苛立ちを表すように、扇がイレーゼ殿下の掌に打ち付けられた。

「もう一度仰っていただいてもよくって？　私、聞き間違えてしまったようですわ」

「イレーゼ殿下が、無知でかわいそうだと言っただけです」

「ふざけ――何をするの⁉」

イレーゼ殿下の返答を待たず、私は巣箱へと近づいていった。

蜂の羽音が大きくなり、少しだけ緊張したけど、脚を止めずそのまま進んでいった。

「やめなさい！　下手に刺激して、こっちにまで飛んできた、ら……………」

イレーゼ殿下が扇を持ったまま固まっている。

驚きに見開かされた瞳には、一度も刺されることなく、巣箱の横に佇む私が映っているはず。

「……どういうこと？　なぜそれほどに近づいたのに、蜂が飛んでこないというの？」

「イレーゼ殿下は、この蜂達の特徴をご存知ですか？」

「し、失礼ね！　知ってるわよ！　この国の南部地域では養蜂が盛んで、公爵家で飼われている蜂は、なかでも特別品質がいいはちみつを作れるんでしょう⁉」

部分的には正解だ。

他国の人間からしたら、その程度の知識でも普通かもしれない。

「なぜ、公爵家の蜂蜜が特別品質が高いのか、理由をご存じないんですね」

「何が言いたいの？」

「公爵家の蜂には別名があります。フィリア様をご覧ください」

視線でうながすと、イレーゼ殿下は振り返った。

フィリア様が細長い笛を手に、私達の口論をいさめるでもなく佇んでいる。

「笛がどうしたっていうの？　私、あなたの笛の腕に興味なんて――――っ⁉」

「お静かに。聞けばわかりますから」

騒ぎ立てるイレーゼ殿下を、私のお父様直伝、圧のある笑顔で黙らせてやる。

フィリア様へと頷くと、ひゅうと息を吸い笛を奏でた。

「なっ……⁉」

すると、ぽかんとするイレーゼ殿下の前で、蜂達が一斉に飛び始めた。

笛の音に合わせて右へ左へ上へ下へ。

一糸乱れぬ動きで、整然と空中を舞っていた。

「何よこれ……？　蜂のくせに、こんな動きができるなんて……」

「これこそが、公爵家の蜂蜜が優れている理由です。この蜂達は笛の音を操ることで、自由に動かすことができるのですわ。特定の花の蜜だけを集めさせることも、風味がよい組み合わせになるよう何種類もの花の蜜を集めさせることも、この蜂を使えば可能になります」

とても不思議な蜂だ。

『笛蜜蜂』と呼ばれており、フィリア様の公爵家で代々飼育されているらしい。

見た目は普通の蜜蜂となんら変わらず、笛の音に従う、という特性に魔力が絡んでいるかも曖昧なため、一般的には幻獣扱いはされておらず知名度もそこまで高くないが、私はこれも幻獣の一種じゃないかと疑っている。

幻獣の括りに入れられるのは、魔力を宿し不思議な現象を起こす生き物達だ。

グリフォンや雪山猫、庭師猫なんかと比べると地味な力だけど、魔力の存在抜きでは、笛の音を聞き分け従う能力に説明がつかない気がする。少なくとも前世では、ここまで正確に音に反応する昆虫はいなかったはずだ。

「よく訓練された笛蜜蜂は、笛の音が鳴らない限り、何かを刺すことはまずないと聞いていました。だから私は魔術を使わず近寄っても、無傷だったということです」

魔術を使えないのかと馬鹿にされたけど、単に必要がなかったからだ、と。

言外にイレーゼ殿下に伝えてやると、顔が赤くなっている。

「なっ……！　そういうことならっ、さっさとそう言えばいいでしょう⁉」

「今お伝えしました。何か問題でも？」

しれっと言い放ってやる。

先に喧嘩を売ってきたのはイレーゼ殿下だ。

やられっぱなし、言われっぱなしは腹が立つし、なめられすぎれば実害も出てくる。

ちょうどいい機会だから反撃させてもらっただけだ。

「あなたっ！　私を誰だと思っているのっ⁉」

「マルディオン皇国第四皇女・イレーゼ殿下だと存じ上げています」

「そんなことを聞いてるんじゃないわよ！　私をコケにしてっ！　許されると思ってるの⁉」

「逆恨みはおやめください。恨むなら、ご自身の無知さをこそ呪うべきです」

「つ……！」

反論できないのか、イレーゼ殿下が唇を歪め歯ぎしりをしている。

笛蜜蜂の存在は秘密でもなんでもなく、調べればすぐにわかることだ。

他国で暮らしている分には、知らなくても問題ないけど、ここは笛蜜蜂を代々受け継ぐ一族、フィリア様の離宮だった。他国の人間だから知らない、では通らない、恥ずかしいことになりうる場だ。

イレーゼ殿下はどうせ、私への妨害行為のため、急遽この離宮への訪問を決めたに違いない。だから、フィリア殿下に関する事柄をたいして調べもせず、南部地域の名産品がはちみつである、程度の薄い知識しか持っていなかったようだ。

無知は仕方ない、と言えなくもなかったけど、そもそもこの国にやって来た時点で、この手の知識は一通り押さえておくのが望ましいといえた。私だってフィリア様に出会う前から、笛蜜蜂の知識はちゃんと把握している。

そう考えると、イレーゼ殿下は、あまり優秀な人間ではないようだった。

そもそもイレーゼ殿下がこの国にやってきたこと自体、本人が望んでのことではなく、政争に敗れ政敵に追いやられたせいらしい。

　イレーゼ殿下の故郷、マルディオン皇国は私の祖国、エルトリア王国とよく似ている。王侯貴族の多くは魔術師であり、選民意識が高くプライドが高く、自国を離れ他国へ赴くことを嫌っている。

　それでも、マルディオン皇国に次ぐ大国、ライオルベルン王国やアルファサル王国への赴任であれば、まだイレーゼ殿下のプライドも保たれたかもしれない。

　だが、ヴォルフヴァルト王国はその二国には国力で一歩劣るし、『大いなる盾』と呼ばれるように魔物領と隣接しているため、マルディオン皇国の王侯貴族には忌避されがちだ。

　イレーゼ殿下はあの国の王族らしく、獣人への差別意識も強いようだから、獣人が人口の半分近くを占めるこの国にやってくるのは、かなり不本意だったに違いない。

　政敵にはめられ追放同然にこの国やってきた、という点ではある意味私と近い境遇と言えなくもないけど……。

　この国についてろくに学ぼうともせず、足元をすくわれているイレーゼ殿下とは、さすがに同類扱いはされたくなかったし、こちらからへりくだって譲歩してまで、友好な関係を結びに行きたいとは到底思えなかった。

　私だけではなく、ナタリー様らこの国の貴族の人間からも、早々にイレーゼ殿下は距離を置かれ始めているらしい。

　ケイト様ら、獣人族の貴族達は言うまでもない。

マルディオン皇国を敵に回したくないため大人しくしているだけであり、イレーゼ殿下のことは蛇蝎《だかつ》のように嫌い近づかないようにしている。

気に食わない相手でも、政治的な価値があれば我慢し手を組めるかもしれないが、イレーゼ殿下にそこまでの価値があるかは甚だ怪しかった。

マルディオン皇国の第四皇女、と肩書だけは立派だけど、皇国では政争に敗れ権勢も衰えているし、本人の人柄や振る舞いを見ても、今後盛り返す可能性は限りなく低そうだ。

イレーゼ殿下自身は、この国での私の影響力を大きく削ぐことに成功すればマルディオン皇国に返り咲けるに違いない、と思っている節があるが、私もただやられてやる気はさらさらない。

「言わせておけばっ……！」

ぎりり、と。

扇の骨が折れそうなほど握りしめるイレーゼ殿下。

私に何か落ち度がないか、反論できる点がないか、必死に探しているようだ。

「あなたも迂闊すぎるのではなくて⁉　あなただってどうせ、笛蜜蜂を実際に見るのは初めてでしょう⁉　ご自慢の知識が現実と違って、刺される可能性が皆無ではなかったはず‼　なのになんの対策もせず魔術も使わず近づくだなんて、不用心がすぎますわ‼」

「不用心などではありません。私は笛蜜蜂の習性を知っていましたし、仮に万が一何かがあったとしても、笛を手にしたフィリア様がいれば問題ないと判断しました。フィリア様を信用していたのですわ」

ちらとフィリア様を見つめて、私はイレーゼ殿下へと反論した。

「減らず口をっ……っ！」

反論の言葉を口にしようとし、イレーゼ殿下が口を閉ざした。

ここで私の言葉を否定し反論しようとすれば、『自分はフィリア様のことを信用できない』と言うも同然だということに、イレーゼ殿下も気が付いたようだ。

反撃を封じられ、イレーゼ殿下の唇がどんどん歪んでいく。

それでもまだ諦められないのか、嫌味を投げつけてきた。

「ふんっ！　フィリア様を信用していたから、と言えば聞こえがいいだけで、実際は咄嗟に風の障壁を万全に張れるか自信がなかったから、フィリア様を言い訳に、魔術を使わなかっただけじゃないかしら？　魔術がお得意と聞いていたけど、その程度の腕でおこがましいわ！」

「ならば実証してみせましょうか？」

「……なんですって？」

怪訝そうにするイレーゼ殿下から、私はフィリア様へと視線を移した。

フィリア様はすぐ私の意図を察したのか、笑顔で頷いてくれた。

「どうぞ。物を壊さないのであれば、この中庭の中で魔術を使っていただいても大丈夫です」

「ありがとうございます」

許可を出してくれたフィリア様に感謝すると、私はすばやく詠唱をした。

使うのは風属性の第五階梯魔術、西風の盾。

ひゅうひゅうと風が吹き始め、私とイレーゼ殿下の間に風の障壁が生まれた。

イレーゼ殿下が手を突き出すも、猛烈な風に阻まれ、こちらには届かなかった。

「っ……！　なによっ！　この程度の中位魔術が使える、だけ、で……」

イレーゼ殿下の声が小さくなっていく。

中庭を見回し、信じられないといった表情をしている。

「まさか……。こんな広い範囲に魔術を……？」

イレーゼ殿下の見回した先、中庭のきわに沿うように、風の障壁が出来上がっている。

私とイレーゼ殿下の間に風の障壁を作った、だけではなく、中庭の大部分を風の障壁で囲ったのだ。

「嘘、たかが中位階梯の魔術で、こんな大きな障壁を作るなんて……」

「これでご満足ですか？」

魔術の効果がきれ、風の障壁が消えるとともに、私はにっこりと笑顔で圧力をかけた。

イレーゼ殿下はびくりと体を揺らすと、苦し紛れに悪態をついてきた。

「い、今のはのんびりと、落ち着いて詠唱をできたからどうにかなっただけよっ！　急に蜂が襲ってきた時、すぐに対応できるとは限らないじゃないっ！」

「そうかもしれませんね」

「認めるのね⁉　じゃあやっぱり――」

「でも、それを言うならイレーゼ殿下だって、先ほど、蜂に襲われる恐怖を感じた時、魔術を使うことができていませんでしたよね？」

「っ……………！」

痛いところを突かれたのか、今度こそイレーゼ殿下は黙り込んだ。

悪口は劣等感の裏返し、とよく言うように、私が魔術を使わなかったことをやたらあげつらってきたのは、イレーゼ殿下自身が、魔術の腕にコンプレックスを抱いているからのようだ。

マルディオン皇国は魔力の高低を重要視する風潮があり、皇族には強い魔力の持ち主が多いが、イレーデ殿下の魔力は、皇族の平均を大きく下回っていると聞いている。

イレーゼ殿下が政争に敗れた一因には魔力の低さもあるようで、だからこそ魔術を得意とする私に対する当たりが、やたらと強かったのかもしれない。

イレーゼ殿下はこちらを睨みつけると、フィリア様への挨拶もせず早足で中庭を去っていった。

「お見事でしたね」

イレーゼ殿下を見送りにいっていたフィリア様が、楚々とした足取りで戻ってきた。

「イレーゼ殿下も、あぁも成すすべもなくやり込められれば、しばらくはレティーシア様に嫌がらせをする気もなくなるでしょうね」

「そうなることを祈っていますが、離宮を騒がせてしまい、フィリア様には申し訳ありませんわ」

「お気になさらないでください。元はといえば私が、イレーゼ殿下の訪問を断り切れなかったからですもの」

すらすらと答えを返しつつ、ゆるく微笑むフィリア様。

相変わらずの、感情の読めない笑いだ。

イレーゼ殿下が今日ここにやってきたのに、フィリア様が協力し一枚噛んでいたのかは不明だ。

けどもし、イレーゼ殿下の力を借り次期王妃の座を狙っていたのだとしても、先ほどのイレーゼ殿下の醜態を見たのだから、少しは考え直してくれるはずだ。

次期王妃に誰がなるにせよ、イレーゼ殿下の息のかかった人物になるのは断固阻止したい。

私の祖国、エルトリア王国と不仲なマルディオン皇国の影響力を強めたくないのもあるけど、それ以上に純粋に、あのイレーゼ殿下がこの国の中枢に食い込んでくるのが嫌すぎる。

獣人差別を隠そうともしないイレーゼ殿下がいては、せっかく改善に向かいつつある獣人と人間の関係が、逆戻りしてしまうに違いないのだった。

◇　◇　◇

「まぁ、素敵！　どれも美味しそうね」

テーブルにずらりと並べられたはちみつ菓子に、私は心からの称賛を口にした。

はちみつとナッツが練り込まれたクッキー、はちみつのタルト、果物のはちみつ漬けに、茶葉とはちみつをブレンドした、甘く香り立つ紅茶。

ずっと立っていてお疲れでしょうから、とフィリア様が言い、予定を変え先にお菓子をいただくことになったのだ。

「では、さっそくいただきますね」

美しく盛りつけられたクッキーを手にし、噛み砕く。

ふんわりと優しい甘さが広がり、さくさくと小気味良い音と共に、ナッツの香ばしさがはちみつの甘さを引き立てていく。

何枚でも食べられそうなほどの美味しさだが、まだ他にもお菓子は用意されている。

ほどほどにクッキーは食べおさめ、タルト、果物のはちみつ漬けと順番に手を伸ばしていく。

美味しい。

今まで食べたはちみつ菓子の中でも一、二を争うほどの味わいだ。

「これは、お菓子ごとに一品一品、はちみつの配合を変えているのですね」

「さすがです。細かな違いですのに、おわかりになるのですね」

「これ程美味しければ、気がついて当然ですわ。一品一品に合う最適な蜜になるよう、蜜を集める対象の花を、細かく笛蜜蜂に指示しているのですよね？」

「ええ、その通りです。詳細な配合や花の種類は、当家の秘伝となっておりますが、出来上がったはちみつなら、お渡しすることが可能です。どうぞお土産に持って行ってくださいませ」

「ありがとうございます。是非いただきたいのですが、こちらのはちみつ、取り扱いに何か注意点などはありますか？」

「一般的なはちみつと同じように扱ってもらえば問題ありませんが、ただ……」

言いよどむフィリア様。

珍しい。

どうしたのだろうと見守っていると、思いが決まったのか唇が開かれる。

「陛下の生誕祝いの式典、今年もレティーシア様は、料理を贈られるつもりですか？」

少し踏み込んだ質問が飛んできた。

陛下の誕生祝いの贈り物によって、贈る側の格が測られることになるのだ。

より高品質で印象に残る、他人とは被らない一品を、と。

式典への参列を許された貴族達は、思考を巡らせ情報を探り合っているところだ。

私は去年、あわや贈り物として用意していたシフォンケーキを盗作されかけたため、今年は何を贈るか、ケイト様ら信頼できる相手以外には直前まで明かさないつもりでいたのだけど……。

今まで距離を感じていたフィリア様が、あちらから踏み込んできてくれたのだ。先ほどのイレーゼ殿下の醜態を見て何か考えを変え、こちらに歩み寄ろうとしてくれているのかもしれない。

ようやく訪れた貴重な機会に、私も応えてみることにした。

「ご推察の通りです。詳細まではお話しできませんが、おそらく他の方と被ることは無いと思いますし……。今日いただいたはちみつを、料理に使ったりはしないとお約束しますわ」

約束を告げると、フィリア様が心なしか安堵したように感じた。

私の推測は当たっていたらしい。

昨年の生誕祭で、私の贈ったシフォンケーキが高評価だったため、今年は料理を贈る貴族が増加するとと予想されている。

フィリア様もそのうちの一人で、はちみつを使ったお菓子を贈ろうと考えているようだ。

私とはちみつを使った料理が被ってはまずいから、確認をしようとしたらしい。

「ありがとうございます。おかげで安心して、はちみつのお菓子をグレンリード陛下に献上できそうです」

「えぇ、私も楽しみにしていますわ。今日のお菓子のような出来栄えなら、きっとグレンリード陛下も満足してくださるはずですわ」

「ふふ、レティーシア様にそう言っていただけると頼もしいです。グレンリード陛下ははちみつがお好きなようですし、美味しく召し上がっていただけたらと思っていますの」

「……はちみつが好物？」

思わず聞き返してしまっていた。

グレンリード陛下とは何度もお食事を共にしているが、はちみつが好物とは初耳だ。

内心驚いていると、フィリア様がはにかむような、花がほころぶような笑みを浮かべた。

「わたし、幼い頃に王都で暮らしていた時にも、グレンリード陛下をお会いしたことがあるのです。グレンリード陛下は私の差し上げたはちみつのお菓子を美味しいと褒め、いくつも召し上がってくださいました」

ほんのりと顔を赤くするフィリア様を前に、私は一瞬固まってしまった。

びっくり。

初めて見る年相応のフィリア様の笑みもだが、グレンリード陛下のまさかの過去にも驚きだ。

私が出会った当初、グレンリード陛下は食に関心の薄いお方だった。

食事は肉体を保つための作業。そう認識しただただ義務的に、料理を口にしていたらしかった。

好物らしい好物もなく、味へのこだわりも見られなかったグレンリード陛下。

そんな陛下にも、子供時代には人並みに好きな食べ物が存在し、他人と食の喜びを共有もしていたらしい。

それは好ましいことのはずだけど……。

頬を染めグレンリード陛下との思い出を語るフィリア様を見ていると、心がざわめきなぜか素直に喜べず、私は戸惑ってしまったのだった。

◇　◇　◇

「みゃうにゃ！　にゃうにゃうにゃうみゃうみゃ‼」

『立ち入り禁止！』

『この先絶対立ち入り禁止ですにゃ‼』

と主張するように、キジトラ柄の庭師猫が何度も鳴き声を上げた。

二本足で立ちあがり、両手を真横に伸ばし通せんぼ。

誰も通すまいと、全身を使ってアピールしていた。

「猫のくせに、いっちょ前に威嚇していますね」

少し呆れたように、横に控えるルシアンが呟いた。

『庭師猫の畑・その2』の庭師猫達は、日を追うごとに警戒心を強める一方だ。

私やジルバートさんら数名を除く人間は、既に畑に近づくことすら難しくなっている。

一番信頼されている私でも、畑の一角、未知の植物に少しでも近づくと、すぐさま庭師猫達がやってきて通せんぼだ。

「そんなに警戒しなくても大丈夫。これ以上、その植物に近寄る気はないわ」

私が後ずさると、その距離分庭師猫達がずずい、っと距離を詰めてくる。鉄壁の守りを敷いているようだった。

「……近寄る気はないけど」

庭師猫に聞こえないよう呟く。

正直、だいぶ植物の正体が気になった。

庭師猫達に手厚く扱われているおかげか、謎の植物はすくすくと育っている。茎の先端には握り拳ほどの蕾がついていて、日差しを受け艶やかに輝いていた。

すっと茎をのばした姿はあえて言うなら、チューリップに似ているかな?

庭師猫達は畑作業をしている間も常に、蕾に注意を向けているようだった。

「今日は前に約束したように、他の人を近づけないための柵を作りに来たわ。グレンリード陛下の許可はお手紙で貰っているし、すぐ作業は終わるから、少しだけ我慢してね?」

「………にゃ」

私との約束を思い出してくれたようで、庭師猫は頷いてくれた。

彼らに迷惑をかけないよう、作業は手早く完了させてしまおう。

私は手伝いに呼んだ大工を従え、集中し魔術を発動した。

『――風刃！』

詠唱と共に不可視の刃が放たれ、地面を深く抉っていく。

きっちり等間隔に空いた穴へ荷馬車に詰んできた木の柵を差し入れ、今度は土属性の魔術を使い、素早く柵を固定。一時的ではなく、半永久的に土の形を変える魔術は効率が悪く魔力消費量が多いが、チート魔力でデメリットを踏み倒していく。

「レティーシア様、お疲れ様です。後は俺達に任せてください」

「ええ、よろしく頼むわ」

大工達に一声かけ、私は後ろへと下がった。

今日集まってくれたのは、以前離宮周りの改装を手掛けてくれた大工達だ。腕は確かだし、ちょうど今日一日なら手助けできるとのことだったので、手を借りることに決定。

大工達が柵に横木を添え、釘を打ちつけ固定していく。

とんかんとん、と騒がしい音が続き、あっという間に柵が完成だ。

『庭師猫達の畑・その2』から三メートルほどの場所を囲み、大人の腰ほどの高さが柵がずらりと並んでいる。立ち入り禁止の看板も立てたし、グレンリード陛下に頼み王城に出入りする人達への通達も行ってもらったから、これでほぼ安全なはずだ。

「どんな植物が育つか楽しみね」

柵の向こうとこちらで、少し距離が開いてしまったのは少し寂しいけど、今はまず何事もなく、謎の植物が成長するのを願うことしかできなかった。

私はぐるりと柵を見回して壊れそうな箇所がないか確認すると、こちらの様子を窺っている庭師猫達を見た。

「じゃあ、私達は離宮に帰るけど……。今日はこうして無事晴れてくれたから、前から準備してた屋外食事会を開くつもりなの。よかったら、あなた達も一緒にどうかしら？」

「にゃ？　にゃ、にゃにゃにゃにゃ……」

食事会、と聞き目を光らせた庭師猫達だったけど、すぐはっとしたように首を振り、未練を断ち切るようにしている。

「みゃうにゃ！　なうなうにゃにゃにゃなうにゃ！」

心惜しいですが、今回は泣く泣く辞退しますにゃ、とでも言うように。

非常に残念そうに、庭師猫がしょんぼりと鳴いている。

食に貪欲な彼らには大変珍しく、今は美味しい食事よりも、謎の植物を見守ることを優先することにしたようだ。ここのところは夜も全員では離宮に帰らず、畑に寝ずの番を立てているようなので、謎の植物への執着は相当のもののようだった。

「そう、わかったわ。私も残念だけど、今回は仕方ないわ。また落ち着いたら、ゆっくり食事でもしましょうね？」

「にゃっ！」

もちろんですにゃ！

と言うように大きく頷く庭師猫に手を振ると、私は離宮へと向かったのだった。

◇　◇　◇

「レティーシア様！　この皿は全部、あちらに運べばよろしいですか？」

斜め後ろからかけられた声に、私はエプロンドレスを翻し振り返った。

侍女のお仕着せを着た黒髪の少女、レレナが両手に何枚もの皿を持ち立っている。小さな体に相応に腕はまだ細っこいが、危なげもなく皿は安定していた。

まだ子供とはいえレレナは山猫族の獣人。既に人間の大人と同じかそれ以上の筋力を備えており、白のメイドプリムの横では、黒い三角の耳が魅力的なもふもふっぷりを放っていた。

「ええ、あそこの机に並べておいて。並べ方はルシアン、よろしく頼むわ」

「承知いたしました」

横で私の料理の仕上げを手伝ってくれていたルシアンが、レレナの元へ向かいてきぱきと指示を出してくれた。

次々に料理ののった皿を運んでくるレレナを的確に動かし、手早く机の上を整えていく。

「それはあちらに。この皿はこちらを手前にしてそのように。ええ、よくできています。レレナは呑み込みが早く優秀ですね」

「ありがとうございますっ……！」

ルシアンに微笑まれ褒められ、レレナがぽっと顔を赤くしている。

表情こそ大きく変わっていないが、しっぽは正直なようで、ふわふわと左右に揺れている。

……これはもしかして、いつものあれかも。

「ルシアンは今日もモテモテね」

作業の手は止めないまま、私は小声でつぶやいた。

ルシアン、仕事ができるし格好いいものね。

黒い髪はきっちりと、それでいて嫌味にならない程度に整えられており、青色の瞳は穏やか。若さに似合わない落ち着いた振る舞いも、端整な顔立ちにはよく合っていて、老いも若きも年上から年下、レレナのような少女に至るまで、女性の視線をさらっていた。

当然とてもモテるし、それでいて仕事には支障はきたさないよう、きちんと気を配り人間関係を円滑に保っているできる従者だ。主人である私もとても鼻が高かった。

歳の差が開いているし、レレナの想いは実らないだろうけど、それでもルシアンが相手ならきっと、いつか素敵な初恋の思い出になるはずだ。

うんうん、甘酸っぱいね。

小さな恋の一幕に一人頷いていると、ルシアンがこちらへと戻ってきた。

「どうかなされたのですか？」

「レレナはかわいいし、働き者で偉いなと思って」

「えぇ、そうですね。まだ小さいのに頑張っており、侍女としての将来が楽しみですが……」

さらりとレレナを褒めたルシアンだったが、何やら言葉を意味深に切っている。

「何か気になることでも？」

「レレナはもちろん、どのような女性の想いも、私は受け入れるつもりはありませんよ」

皿に彩りよく料理を盛りつけながらルシアンが言った。

こちらの視線に気が付いたのか、青い瞳が笑みに細められる。

「私はレティーシア様の従者です。心はいつもレティーシア様の元にあります。今後どのような女性と出会っても、この想いは変わりませんよ」

「ふふ、ありがとう。ルシアンの忠誠心は嬉しいわ。でもね、心から好きだと思う女性と出会えたら、遠慮なく私に言ってね？　ルシアンが従者を辞めたら寂しいけど、それはそれとして幸せになってもらいたいもの」

「そんな日は訪れませんよ。私の幸福はこの先も、レティーシア様と共にありますから」

穏やかに断言すると、ルシアンがこちらを見つめた。

私を見るお兄様達の目に似た、でもそれだけではないような、そんな瞳を見つめ返していると。

「あ～～～もぅ！　甘酸っぱいですね～～～～！」

にやにやとした笑いを含んだ声が、横から割り入ってきた。

「ようこそ、ハンスさん。早いですね」

若手大工のハンスさんだ。

庭師猫の畑を囲む柵作りを手伝ってくれたお礼の一環で、大工達も食事会に招待していた。

「お呼びいただき光栄です、レティーシア様。それにしてもほんと、甘酸っぱいですよね」

「？　レレナのこと？　わかるわ。見てて微笑ましくなるものね」

「……そっちもありますが、俺はそれよりも――――」

「やめろ。レティーシア様の手を煩わせるなボケ。お忙しくされてるのが見えないのか？」

ルシアンが笑顔のまま毒づいた。少し素が出てしまっている。

仕草も見た目も優美で、常に上品なルシアンだけど、出身は下町の平民だ。

時々私やクロードお兄様の前では下町時代の口調になることがあったけど、この離宮に来てからはおおらかな雰囲気に感化されたのか、時折他の人の前でも言葉遣いが崩れることがあった。

「早くに来て暇なら、レティーシア様に絡まず配膳を手伝ってください。ほら、これ。あちらの机に並べてきてください」

「うおっ、人使いあっらっ！　まぁいいですけど……。邪魔者は去りますかね。この皿ですよね？　美味しい料理のため頑張りますか～」

ハンスさんはにやりとルシアンとこちらを見ると、ひょいと皿を手に去っていった。

大工仕事で鍛えているだけあり、料理がたっぷり乗った皿を持ってもよろつかず安定している。

配膳を手伝いつつ、侍女達に口説き言葉を振りまくのも忘れない女好きを発揮していた。

そんなハンスさんをレレナが、うわぁ、という目で見ているのが少し面白い。

ルシアンが好きみたいだし、軽く明るい人より、落ち着いて頼りになる人が好みなのかも？

そんな想像をしていると、ハンスさんとレレナらの働きもあり、準備は間もなく完了した。

机の上に並べられたのはピザやサンドイッチ、クッキーに一口大に切られた果物など。

軽食が中心で、手づかみでも食べやすいラインナップだ。

招待客はナタリー様のような貴族ではなく、離宮の使用人や大工達が中心で、気どらない集まりになっている。新作料理の試食会と使用人同士の交流を兼ねた、定期的に開いている食事会だ。

よく晴れた空の下、会話を楽しみながら料理に舌鼓を打つ。

裏庭に設えた石窯で作った焼きたてのピザを頬張り、チーズの美味しさを堪能していると、料理長のジルバートさんが近づいてきた。

「レティーシア様、あらかた料理がはけてきたようですし、デザートを持ってきましょうか？」

「そうね。そろそろあれを出しましょうか」

頷くと、ジルバートさんが部下の料理人と共に離宮にひっこみ、すぐにお盆を手に戻ってきた。

「初めて見ますね。なんですかそれ？」

目ざとくハンスさんがやってきた。

「パンケーキというお菓子です。甘くて美味しいですし、それにほら、こうしてバターを乗せると……」

「んん～～！　香りがたまりませんね！」

まだ温かいパンケーキの上で、じゅわりじゅわりとバターが溶けだしていく。

香ばしい匂いが立ち上り、食欲と期待を煽ってきた。

「冷めないうちにどうぞ。お好みで、ジャムを添えても美味しいですよ」

おすすめしつつ、私はパンケーキの評判を聞いて回った。

概ね好評なようで、用意していた分は全てなくなったようだ。

満足して仕事の持ち場に帰っていく使用人達を見送ると、料理を作り終え仕事を全うした料理人達が、ぞろぞろと連れ立ってやってきた。

「食事会の準備お疲れさまでした。おかげで皆さんに楽しんでもらうことができたわ」

労いつつ、私はルシアンからはちみつの瓶を受け取った。

先日、フィリア様からいただいた笛蜜蜂のはちみつだ。

「おぉっ！　これがあの噂の……！」

料理人達の視線が釘付けになり、瞳が期待と興奮に輝く。

とても貴重なはちみつだけど、今後の料理人としての人生の糧にしてもらえるよう、本日限定で労いの意も込め振る舞うことにしたのだ。

一人ひとさじずつ、はちみつをかけたパンケーキを配っていく。受け取った料理人達の興奮は、最高潮に達したようだ。

「よかった……！　俺この離宮で働いててよかったよ……！」

感極まって語りだす人がいれば。

「…………」

ひたすらに味覚を研ぎ澄ませ、無言ではちみつを舌にのせている人もいるようだ。

私もパンケーキの上にかけ、はちみつを口へ運ぶことにする。

「うん、最高ね！」

ふんわりとしたパンケーキにはちみつが程よく染み込み、噛むと甘さがあふれ出してくる。

ほのかな花の香りが少し焦がした表面から香り、生地の甘みと調和している。

パンケーキ、いいよね。

お代わりをして乗せてもらった二枚目は、苺ジャムをのせて食べることにした。

最初はベーキングパウダーがなく上手く膨らまなかったけど、生地を混ぜる時に空気をしっかり含めるよう意識したり、卵白を泡立てメレンゲ状にしたものを使ったり試行錯誤し、理想のふんわりしっとり食感へたどり着いている。

苺ジャムのせパンケーキを堪能していると、離宮の裏手の茂みからぐー様が姿を現した。

「ぐー様……」

少しだけ、私は対応に戸惑ってしまった。

前回お会いした時、グレンリード陛下との心の距離を感じてしまったことと。

フィリア様がグレンリード陛下について、可憐に語っていたことを思い出して。

つかの間私は、動きを止めてしまっていた。

「ぐぅあ……？」

そんな私の内心を知ってか知らずか、ぐー様がすたすたと近づいてくる。

机の上に鼻先を寄せ、すんすんとパンケーキの匂いを嗅いでいる。誰かがパンケーキを落としてしまった時などのために残しておいた、予備用の一皿だった。

「あ！　駄目です！　それはいけません！」

慌てて私は、ぐー様の前から皿を持ち上げた。

パンケーキには笛蜜蜂のはちみつがかけられている。

私はフィリア様と、グレンリード陛下の生誕祭には、笛蜜蜂のはちみつを使ったお菓子は贈らないと約束している。

今日は生誕祭ではないけど、でも、陛下のためにとはちみつのお菓子を用意してるフィリア様のことを思うと、先にここで陛下にはちみつのお菓子を差し出すのは悪い気がした。

ぐー様から皿を遠ざけているとふいに軽くなり、ルシアンが皿を持ち去っていった。

「ぐぅぅ……」

少し残念そうにしつつも、ぐー様はあっさり引き下がった。

あまりお腹が減っていないのだろうか？

好物らしきはちみつを前にした反応にしては違和感があるけど……。

内心首を捻っていると、ぐー様がこちらに寄ってきて軽く匂いを嗅いできた。

「ぐー様？」

鼻先に皺を寄せ、しかめっ面らしきものをしているぐー様。

料理に使った食材の匂いが染みついてしまっていたのだろうか？

腕を鼻に近づけ匂いを確認していると、ぐー様は私から離れ、何やら匂いを嗅ぎまわっていた。

食事会場の周り、離宮を囲む林の木々に鼻を近づけ匂いを確認していくと、

「えぇっ⁉」

突如ぐー様が、木の幹に頭を打ち付け始めた。

がんがんと頭突きをし、一心不乱に木を揺さぶっている。

「どうしたんですかぐー様⁉」

すわご乱心かと慌てて駆け寄ると、頭上から大きな音が響いた。

咄嗟に見上げるとそこには、

「人⁉　鳥っ⁉」

大きな白い翼、きらきらと輝く金の髪。

何かがこちらに向かって、枝からずり落ちてくる。

「レティーシア様っ！」

「ぐうっ‼」

「きゃっ⁉」

腹部と肩に衝撃。

背後へと倒れ、そのまま抱きとめられる。

「レティーシア様！　お怪我はありませんか？」

「え、えぇ。大丈夫よルシアン。それにぐー様もありがとう」

「ぐっ！」

この程度当然だ、と言わんばかりにぐー様が一鳴きした。

ぐー様が私を突き飛ばし、ルシアンが引き寄せ受け止めてくれたおかげで、どこにも怪我はなさそうだ。軽くドレスの乱れを治すと、倒れ伏す謎の人物を見た。

落下の寸前、咄嗟に放った風の魔術がクッションになり、大きな怪我はないはず。

謎の人物は小さく体を震わせると、ゆっくりと立ち上がった。

「…………」

「…………」

無言でしばし見つめ合う。

神々しいまでに美しい男性だった。

長いプラチナブロンドの髪が風に流れ、空を映した澄んだ水色の瞳には、長くけぶるようなまつ毛が、儚く淡い影を落としかけている。

色素の薄い肌は染み一つなく、最上級の雪花石膏《アラバスター》のよう。どこか憂いを帯びた美貌と雰囲気の持ち主だったが、一際目を引いたのは背中にある、純白の一対の巨大な翼だった。

「……天翼族の方、ですよね？」

作りものとは到底思えない翼を見ながら、浮世離れした美貌の青年へと尋ねる。

天翼族。

とても数が少なく、滅多に人前には出てこないため、私も会うのは初めてだった。

獣人の一族として扱われているが、美しい翼と飛行能力、そしていくつかの理由があわさり、崇拝している人間もたくさんいる。

「初めまして、私はレティーシア。この国の王妃であり、グレンリード陛下より賜ったこの離宮の主です」

「知っている」

返ってきた答えは端的で、容姿と同じくとても美しい声だった。表情の動きが乏しく感情は読めなかったが、今のところ敵意のたぐいは向けられていない、と思いたいところだ。

「フェザリオ」

突然告げられたた単語。

疑問符が浮かびかけるが、青年の自己紹介だと気が付く。

「フェザリオ様、とお呼びしても？」

「構わない」

「では、フェザリオ様。お聞きしたいのですが、なぜこの離宮へ？　そこの木の上に、いつからいたのですか？」

フェザリオ様が落ちてきた木を見上げる。

太い枝には青々と葉が生い茂っているが、さすがに誰かが枝の上にいたら、もっと早くに気が付かないとおかしい。フェザリオ様の髪は長く眩いし、服装も白を主体に金刺繍が入った豪華なもので、樹上にいては目立って仕方ないはず。だというのに誰も、食事会で集まっていた何十人もの人が誰一人、フェザリオ様に気が付いていなかったのは不自然だ。

「…………」

黙り込むフェザリオ様。

何か事情があるのだろうかと、ルシアンとぐー様以外の人間を離宮へ下がらせることにした。

「心遣いに感謝を」

フェザリオ様は言うと、ばさりと翼を動かした。

大きな純白の翼が、細身の体を包み込むようにすると、みるみるフェザリオ様の姿が薄れていった。数秒もせず、最初から誰もいなかったように、髪一本見えなくなってしまう。

「……フェザリオ様？」

「ここにいる」

虚空から声が響き、広げられた翼と共に、再びフェザリオ様が姿を現した。

どうやら自在に、姿を見えなくしてしまえるようだ。

「天翼族の翼には、このような力があるのですね」

「秘密だ」

無表情のまま、唇に指を当てるフェザリオ様。

子供のようなジェスチャーだったが、本人は真剣なようだ。

「わかりました。私の胸のうちに留めておきたいと思いますが……」

ちらとぐー様を見つめた。

ぐー様はふんと鼻を鳴らすと、フェザリオ様を睨んだ。

「問題ない。グレンリード陛下にはどうせ知られている」

「！」

驚きだ。フェザリオ様は当たり前のように、ぐー様がグレンリード陛下だと知っているらしい。

ぐー様も否定することも慌てることもなく、碧色の瞳を不機嫌そうに眇めている。

そんな二人の姿に、私は天翼族に関する伝承を思い出した。

――曰く、天翼族とは国を守り王を見定める聖なる存在である、と。

――曰く、天翼族が国に住まう限り、その国が滅びることはない、と。

嘘か本当かわからない、まことしやかに囁かれる言説。

まったくのでたらめ、というわけではないのかもしれず、歴史を紐解けば数百年前、自国の天翼族を疎み殺し尽くした砂漠の王が、国もろともに滅んだ実例が伝えられている。

現在の西方大陸を見渡しても、このヴォルフヴァルト王国、私の祖国エルトリア王国、大国のマルディオン皇国、それにライオルベルン王国にアルファサル王国と、長い歴史を持つ国々はどこも、国内に天翼族が居住している。

そんな、謎と曰くに包まれた天翼族が、なぜ私の離宮に？

軽く身構えつつ、フェザリオ様を観察していると。

ぐ～～～～、と。

お腹が鳴る音が聞こえた。

発信源は私でもぐー様でも無く、フェザリオ様のお腹だ。

「お腹が空いた」

顔を赤くすることも動揺することもなく、真顔でフェザリオ様が言い放った。

「食べ物を分けてくれないか？」

そう言って、私へと視線を据えたフェザリオ様の瞳は。

あいかわらずの無表情ながらもどこか、期待の光を宿しているように見えたのだった。

◇◇◇

「今日の食事会の残りと予備の分になりますが、とりあえずはこちらでどうでしょうか？」

離宮へと戻った私はジルバートさんらに頼み、すぐ用意できる料理を二階の応接室に運んできてもらった。

フェザリオ様は長椅子に緩く腰掛け翼を左右へと流すと、じっと料理を見つめている。

「こちらの果物を挟んだフルーツサンドなどがおすすめですが、どれにしますか？」

「肉」

簡潔すぎる答えが返ってきた。

肉……。少し意外だ。その外見や神々しい雰囲気から雲や霞《かすみ》、はないしにしても、なんとなく果物や花の蜜を食べていそうなイメージを持っていたけど、どうやら肉食派らしい。

「どのような肉が好みですか？」

「猪や鹿、それに熊」

「熊……」

がっつりワイルド系。ジビエ好きのようだ。

まぁ、考えてみればある意味当然かもしれない。

天翼族の住まいは人里離れた辺境。陸路ではたどり着くのも難しい山奥にあるらしい。農業が営めるかも定かでないし、山の獣や山菜が、主な食糧になっているのかもしれなかった。

「では、こちらの手づかみで食べる料理、サンドイッチはどうでしょうか？　猪に似た豚の肉を使ったハムをパンで挟んであります」

「いただこう」

皿を差し出すと、細く長い指がサンドイッチをつまんだ。目の前に持ち上げたサンドイッチをしばらく見つめ、もそもそと食べ始める。

気に入ってもらえたのか、無言で二つ目のサンドイッチに手を伸ばした。

「…………」

フェザリオ様は心なしか嬉しそう、な気がした。

口数が少なくわかりにくいけど、マイペースで天然な人なのかもしれない。ぐー様から人の姿に戻り、私の隣で睨みをきかせているグレンリード陛下の存在にも全く萎縮してないあたり、なかなかに豪胆なようだ。

　着々とサンドイッチを胃に収めていくフェザリオ様の翼を見て、ふと気が付いたことがある。

「フェザリオ様は以前にも、こちらの離宮の周囲に来たことがありますか？」

　ケイト様達とお茶会をした日。どこからともなく舞い落ちてきた白い羽は、目の前のフェザリオ様の翼のものとよく似ていた。

　ごくりとサンドイッチを飲み込むと、フェザリオさんは頷きを返した。

「あぁ、そうだ。何度もここの外へは来ている」

「いつ頃から、私の姿を見ていたのですか？」

「あなたがこの離宮にやってきた夏の初めごろからだ」

「一年近くも前からですか……」

「そうだ。初めはもっと遠く、グレンリード陛下の鼻につかまらないところから見ていた。けど、よくあなたは、外で料理を食べていただろう？」

「ええ。天気がいい日は、外で食べると気持ち良かったので」

「だから気になった。気になって近づいたら、陛下の鼻に見つかってしまったようだ」

「なるほど……？」

　つまり、私の料理に釣られて近づいてきたら、陛下にバレてしまったということ？

　思えば羽が飛んできたのも、ナタリー様達と外でお茶会をしていた時のことだ、

　……思ったよりこの人、だいぶ天然なのかも？

初対面時の神々しいイメージが、どんどんと崩れていく気がする。

「そんなに料理が気になっていたなら、言ってくれたらもっと早く提供しましたのに」

「こちらの姿を見られるわけにはいかなかったし、勝手に料理を持っていくのは駄目だろう？　盗みは悪いことだからな」

「それはそうですが……」

やや脱力感を感じつつも、私はフェザリオ様と視線を合わせた。

とぼけた雰囲気に、つい気を抜いてしまいそうになったが、まだ油断はできなかった。

「フェザリオ様はなぜそんなにも、私のことを見ていたのですか？　お飾りの王妃となった私が、この国に害を与えないよう、監視していたのでしょうか？　もし私がこの国に不要と判断したら、排除するためですか？」

天翼族に関する言説が、どこまでが本当かはわからないけれど。

ただ理由もなく漫然と、王妃である私を監視するように見ていたとは思えなかった。

フェザリオ様は空色の瞳をまたたかせると、形良い薄い唇を開いた。

「ただ見ていただけ。それだけだ。あなたを排除する意思はない」

「本当に？　私が知る伝承では、天翼族は国を守る役目を負っているとありました」

「私達の役割は見守ること。政《まつりごと》を行うのは王と貴族。つまり君達の役目だ」

私とグレンリード陛下を、白い彫像のような手が指し示す。

フェザリオ様の空色の瞳はどこまでも澄んでいて、真意を伺うことはできなかった。

「己が役割をよく果たし、国を良き道筋へと導くことを祈ろう」

託宣を告げるがごとく言うと、フェザリオ様が音もなく立ち上がった。

白い翼を背に従え、窓辺へと歩み寄っていく。

「帰る。さらばだ」

「ま、待ってください！」

嫌な予感を覚え立ち上がる。

フェザリオ様は我関せずと、床まである大きな窓を開けてしまっている。

「もしや、窓から出ていくつもりですか？」

「そうだが？　里ではいつもこうしていたぞ」

「申し訳ありませんが、この部屋に来た時と同じように、玄関から歩いて帰ってもらえますか？」

「何故止める？　翼を広げれば私の姿も見えなくなる。何も問題はない」

「問題があります。この離宮には――――」

「きゅあっ‼」

不審者発見！

と鳴き声を上げたフォンが、窓から身を乗り出したフェザリオ様を威嚇している。

翼を持つフォンは、同じく空を飛ぶものに対しては関心が強い。見慣れない存在、人の姿をしているのに背中に翼を広げたフェザリオ様は、警戒すべき対象として認定されていた。離宮に入ってくる時も、しげしげとガン見されていたのだ。

「なるほど」

フォンの羽ばたきと共に叩きつけられる突風にも動じることなく、フェザリオ様が少し感心したように呟いた。

「昨今の人間の屋敷では、グリフォンを番犬代わりに飼っているのだな。空への守りも疎かにしない、いい心がけだ」

「……いや、違うぞ？　この離宮が特殊なだけだからな？」

フェザリオ様のズレっぷりに耐えられなくなったのか。

沈黙を保っていたグレンリード陛下が、ついに。

ツッコミへと回ったのだった。

◇　◇　◇

「以前、グレンリード陛下が私が拾った羽に興味を示していたのは、フェザリオ様を警戒していたからなんですね」

フェザリオ様を説得し、フォンを刺激しないよう、穏便に玄関から歩いて帰っていただいた後。

私はグレンリード陛下に、軽くお話を伺うことにした。

「その通りだ。天翼族はこちら側の常識が通じないし、何を考えているか非常にわかりにくい。

おまえを監視して何をするつもりか、わかったものではなかったからな」

感情を露にしないグレンリード陛下には珍しく、不機嫌さの滲む口調だった。

「グレンリード陛下は、天翼族の方と接したことがあるのですね。伝承曰く、天翼族は王を見定める、とありますし、王家とゆかりのある方たちなのですか？」

「詳しいことは不明だ。正確な伝承を記した書物は失われている。先代国王である父上なら何か知っていたかもしれないが、私に伝える前に、あっという間に儚くなられてしまったからな」

「……確か、冬の風呂場で、意識を失ってるところを発見されてそのまま、だったんですよね」

やれ暗殺だ毒殺だ、と王城は騒然としたらしいが、毒や不審な点は見つからなったらしい。

冬の風呂場で急に意識を失う。前世で知った、いわゆるヒートショックが死因になってしまった気がするが、真相は永遠に闇の中だった。

四年前、先代国王が儚くなられた後しばらくは、グレンリード陛下も隣国との戦争に注力していて、勝利を収めたと思ったら今度は、四人の正妃候補を受け入れることになったのだ。

天翼族のことについてまで、深く考える余裕はなかったに違いない。彼らはこの国に住んでいるものの、半ば独立したような扱いらしい。明確な敵対行動や、内政への干渉はしてこないようだが、反対に国王であるグレンリード陛下の命令にも、あまり従ってはくれないようだ。

「先ほど、フェザリオがおまえに『あなたを排除する意思はない』と告げた言葉に、嘘の匂いは感じられなかったから、その点については安心するといいが……。やはり、気の抜けない相手だ」

「変わった方だとは思いましたが、なぜそこまで、警戒をされているのですか？」

「匂いが不気味だからだ」

「不気味？　不快な匂いということでしょうか？」

先祖返りであるグレンリード陛下には、特集な嗅覚が備わっているらしい。

他人の嘘を見抜き、匂いからある程度、相手の感情や性格も見抜くことができるそうだ。先ほど、姿を消していたフェザリオ様に気が付いたのも、この嗅覚のおかげらしかった。

「いや、違う。匂いそのものはむしろ好ましい方だが……。以前会った、ここの国に住む他の天翼族と、匂いがあまりにも似すぎている。親兄弟や性格の似通った者同士は匂いが似やすいが、さすがにあれは異常だ。よく性格の似た双子ですら、あそこまでそっくりにはならないからな」

「匂いが似すぎている……」

はたと考え込む。

ぱっと思い当たったのはクローン人間だったけど。

遺伝子上は完全な同一の存在になるらしいが、二十一世紀の地球ですら実在していなかったクローン人間が、遥かに科学技術が未発達なこの国に誕生しているとは思えなかった。

この世界で使われている魔術も基本、人体に直接働きかけることは不可能で、回復魔術や蘇生魔術、若返りの魔術といったものは成立しないはずだ。

科学でも魔術でもないとなると、何か他の要素が関わっているのだろうか？

それこそグレンリード陛下が狼の姿へと変化するのは、この世界の魔術でも説明不可能な現象だから、同じように天翼族にも、何か不思議な力が備わっているのかもしれない。

「フェザリオ様、性格はともかく、見た目はまるで天使のようでしたものね。人知を超えた力を宿していても、むしろ不思議ではないのかもしれません」

「テンシ？」

グレンリード陛下が復唱してきて気が付く。

そうだ、この世界、天使という存在、および概念は認知されていなかったのだ。

さすがに神という概念は知られているし、先祖を敬い故人を弔《とむら》う習慣もあるが、国教とでもいうべき大規模な宗教や、強い力を持つ宗教的指導者は存在していないようで少し不思議だ。

前世の日本の歴史を語るには、種々の宗教を避けて通ることはできなかったし、他のヨーロッパやアジアの国もそれは同じはずだ。

一方この世界、正確には西方大陸では、宗教の存在感がとても薄かった。素朴な祈りの儀式があるくらいで、国の中枢部にはほとんど宗教関係者は見当たらない。五百年以上前、『大暗黒』と呼ばれる時期より昔の歴史には、それなりに宗教の影がちらついているが、長い戦乱の中で史料の多くが紛失していまっているため、正確なところは誰にもわからなくなっている。

……まぁ、この世界、魔術や幻獣が存在しているくらいだし、地球と違う部分があって当然なのかもしれない。服飾や料理など、昔の地球に似ている部分もあるが、宗教に関しては違っていたというだけの可能性もある。

「天使、というのは背中に翼を持ち、神の意思や人の幸福のために行動する存在のことです」

「そんな都合のいい存在、おとぎ話の中にしか存在しないだろうな」

「でしょうね。私も、昔読んだ架空の話で知っただけです」

正確には前世で読んだ本で、だけど、ここは濁しておくことにする。

これ以上突っ込んで聞かれないよう、別の話題を振ることにした。

「そういえば、グレンリード陛下は私と初めて会った際、妙な香りだ、と仰っていましたよね？」

「……あぁ、言った。初対面で失礼なことを言いすまなかったな」

「いえ、それはいいのですが、具体的にどのような匂いかお尋ねしても？」

「具体的に……」

グレンリード陛下が困ったように、わずかに眉を寄せている。

そうしているとぐー様の姿と重なり、少しほほえましくなってしまった。

「………説明が難しいな。なんせ、一度も嗅いだことがなかった香りだ。不快ではないし、むしろ今はたまらなく吸い寄せられ、……いや、なんでもない」

何かを言いかけ言葉を切ると、グレンリード陛下は誤魔化すように咳ばらいをした。

「すまないが、やはり具体的に説明するのは難しそうだ。おまえの父親や兄達も持っていなかった、妙な香りとしか言えないからな」

「そうですか……」

血縁由来ではない、となるとやはり、私に前世の記憶があることが原因かもしれない。

気になるけど、今すぐどうこうということはなさそうなので、心の隅に置いておくことにした。

「お教えいただきありがとうございます。他にもいくつか、グレンリード陛下とお話ししたいこともございますが、陛下もご多忙でしょうし、残りは生誕祭の後に、二人で会った時にでもお願いいたします」

そう言って私は、ぐー様の姿になったグレンリード陛下を見送ると、フォンのケアへと向かったのだった。

◇◇◇

「……レティーシアに隠し事をしてしまったな」

自室の椅子に腰かけ、グレンリードは小さくため息を吐き出した。

眉間に皺を寄せ目を瞑り、体重を背もたれに預ける。

「どうしたのですか、陛下？　今までだっていくつも散々、レティーシア様に嘘をついてきたじゃないですか。今更どうしたというのですか？」

側近のメルヴィンが言いつつも、グレンリードの気に入りの紅茶を差し出す。

レティーシアが選び贈ってくれた茶葉で淹れたものだ。

ほんのりと苺の香りが漂い、優しく鼻をくすぐった。

「…………」

澄んだ紅茶の水面の色よりなお鮮やかな、燃えるような赤毛の男を思い出す。

(皇帝イシュナード……)

王族の出でないにもかかわらず若くして一国の頂点に立ち、瞬く間にリングラード帝国を大国へと押し上げた天才。真紅の髪をたなびかせる覇者。

春先に一度だけ相まみえたかの皇帝は、噂通りの覇気と才気に溢れた人間で、そしてなぜだか、レティーシアとよく似た香りを放っていた。

(いったいどういうことだ？　レティーシアの持つ妙な香りを、なぜイシュナードも身にまとっていたのだ……？)

考えに考えても、一向にそれらしい答えは見つからなかった。

レティーシア自身に尋ねるのもはばかられ、先ほども告げることはできなかった。

グレンリードの特殊な嗅覚でしか感知できない問題であり、考察材料があまりに少なすぎる。

「……リングラード帝国に潜り込ませた、レナード兄上からの知らせはまだか？」

「まだ国内には届いていませんね。あの方でしたら、そうヘマを踏むこともないはずですが」

「当然だ」

グレンリードは自信を持って頷いた。

元王子にして、今は間諜として動いているレナードはとても優秀だ。グレンリードも本心としては、十数年ぶりに再会できた兄に危険な任務を託したくはなかったが、レナード以上に適任者がいないのでは仕方ない。一国の王として心を殺し、レナードに命令を下したのだった。

「引き続き、兄上からの知らせがないか注視しておけ」

「承知いたしました」

メルヴィンが一礼し、自身の仕事へと戻っていく。

グレンリードは紅茶を飲み干すと、壁の地図へと視線を向けた。

「じきに荒れるな」

嵐の中心にはきっと、かの皇帝が佇んでいるはず。

西方大陸諸国家が描かれた地図を強く静かに、グレンリードは見つめていたのだった。

三章　天の翼と、翼の音と

「――――それでは只今より、グレンリード陛下の誕生日の祝いを開催いたします」

朗々たる司会役の声が、会場となった広間の高い天井に響いた。

グレンリード陛下の二十五歳の誕生日当日。

私は正装に身を包んだグレンリード陛下の横の椅子に、王妃として腰かけていた。

生誕祝いの式典には、国内外から貴族要人が駆け付けている。

男性は金糸銀糸で飾り立てられたジェストコールを、女性は職人が腕を振るったレースを惜しげもなく使ったドレスで身を飾り、自らの贈り物を献上する順番を待ちわびていた。

参加者のリストは私も見せてもらっているが、去年より明らかに豪華になっている。

たとえば、ウィルダム翼皇国の王太子・エルネスト殿下。

昨年、この国にいらしてくれた縁もあり、今年は使者や代理人ではなく、皇太子であるエルネスト殿下本人が赴いてくれたようだ。

エルネスト殿下からの贈り物は、最高品質の馬具一式。希少な天馬を有するウィルダム翼皇国では、天馬および馬に関連する道具の研究と改良が盛んであり、馬具の性能水準においては、西方大陸一だと認められていた。

高価すぎず安すぎず、自国の名産品をアピールしつつ、実用性もきちんとある贈り物。

エルネスト殿下らしい良いチョイスだと感心していたら、当の本人と目が合った。

「レティーシア、久しぶりだな。フォンの騎乗の腕は上がったか？」

「エルネスト殿下のご指導を思い出しつつ、今でも折りを見てフォンを飛ばし練習していますわ」

「そうか、俺を思い出してか」

愉快気に、エルネスト殿下が笑っている。

「ならばきっと、相当に騎乗の腕を上げているのだろうな。おまえが飛ぶ姿を見るのが楽しみだ」

「ふふ、ご期待に沿えることを願っていますわ」

エルネスト殿下とは数日後に、フォンと天馬で共に空を駆ける予定だ。

遠路はるばる、皇太子であるエルネスト殿下がやってきてくれたのだ。しっかりと交友を深め、外交に活かさないともったいないし、個人的にもエルネスト殿下との交流は楽しみだった。

エルネスト殿下は私へと笑みを、グレンリード陛下にはどこか挑むような視線を向けると、元いた場所に戻り、次の参加者へと交代した。

続々と前へやってくる参加者の顔と名前、贈り物と陛下への受け答え、そこから垣間見える人柄などを記憶に刻みつけつつ、和やかに生誕祭のスケジュールをこなしていく。

昨年よりも豪華な顔ぶれの参加者は、この一年でグレンリード陛下の威光と求心力が、更に強化された証だった。

近年勢力を強めるリングラード帝国など、国際情勢は楽観視できなかったが、それでもグレンリード陛下がおられる限りこの国は大丈夫である、と。多くの人達が信じてくれているのだ。

私もグレンリード陛下の足を引っ張ったりしないよう、協力していきたいところだった。

「グレンリード陛下、二十五歳のお誕生日、謹んでお祝い申し上げますわ」

可憐な挨拶と共に、フィリア様の番が回ってきた。春らしい薄紅色のドレスで着飾ったフィリア様が携えてきたのは、聞いていた通りはちみつを使ったお菓子のようだ。

籠の蓋が開けられるとふわり、と。

香ばしいバターの香りが漂い、きつね色の焼き菓子が姿を現した。

「我が公爵家の特産品のはちみつをふんだんに使い焼き上げております」

「音に聞く笛蜜蜂の蜜を使ったものか」

「その通りにございます。グレンリード陛下が以前、美味だと仰ってくれたはちみつを使わせていただいております」

「……そうか。ありがたくいただこう」

あれ、おかしいな。

グレンリード陛下の反応が、少しだけど不自然に遅れていた気がする。

昔はちみつのお菓子を食べた記憶を、すぐには思い出せなかったからだろうか？

フィリア様もグレンリード陛下の反応の遅れに気が付いたのか、一瞬だけ寂しそうにしていたが、すぐさま品のいい笑顔を浮かべ、優雅な所作で戻っていったのだった。

◇◇◇

「グレンリード陛下、お疲れさまでした。とてもよい式典になりましたね」

つつがなく生誕祝いの式典を終え、私はグレンリード陛下と二人、王城の応接室で向かい合っていた。

長机には、今日グレンリード陛下へと贈られた料理の数々が、毒見を終え並べられている。

贈り物の料理はたくさんあり、グレンリード陛下一人ではとても消費しきれないため、王妃である私もお相伴が許されている。役得なのだった。

「どちらからいただきますか？　どれも素敵で、目移りしてしまいますね」

各地の名産品をふんだんに使った料理は見ているだけで楽しい。この一年、この国で食事をしてきた私でも、まだまだ知らない料理や、初めて食べる食材がいくつもあった。

五つの小国が合わさって成立したこの国は、東西南北の各地方ごとに、食材も調理文化も大きく異なっている。まだまだ当分、食べ飽きることはなさそうだ。

私のうきうきとした様子に、グレンリード陛下が小さく笑みを浮かべた。

「おまえは本当に、料理が好きなのだな」

「作るのも食べるのも大好きですわ」

「だろうな。おまえを見ていると、式典の疲れも忘れそうだ。毎年、ありがたくも面倒な行事だと思っていたが、おまえのその顔が見られるなら、悪くはないかもしれないな」

「……ありがとうございます」

顔、赤くなってないかな？

グレンリード陛下はずるい。

私はお飾りの王妃でしかないのに、こんなに的確に、私が欲しい言葉をくれるなんて反則だ。

嬉しい。

……でも、わかってる。誤解したりなんかはしない。

グレンリード陛下は人としての優しさを見せてくれただけ。たとえ政略で結ばれた、お飾りの王妃でしかない私に対してであっても、気遣える優しい人間だということ。

勘違いしてはいけないと自分に言い聞かせつつ、私は料理へと視線を向けた。

「私はまず、豚の香草焼きを食べてみたいと思うのですが、陛下はどれにいたしますか？」

「では、私も同じものを食べよう。飲み物には、おまえが贈ってくれた瓶を開けさせてもらう」

「ありがとうございます。とても光栄ですわ」

顔で笑顔、内心でガッツポーズをしておく。

今年の私の贈り物は、色とりどりの果物ジュースのセットだ。庭師猫達の協力を得ていくつもの果物を使い、瓶を並べるとグラデーション状に、色鮮やかな虹のように見えるようにしてある。

味の方ももちろん自信作だ。私とジルバートさんが中心となってレシピの試行錯誤と調整を繰り返し、どの瓶も自信を持っておすすめできる出来上がりになっている。

いくつも味を取り揃えてあるから、肉料理と合うものはもちろん、お酒で割って美味しいもの、胃が疲れている時でもすっきりと飲めるものもある。

昨年、私がシフォンケーキを贈った影響で、今年の贈り物は大幅に、料理が増えると予想されていた。だから今年は、他の人からの贈り物にも合わせて楽しんでもらいやすいよう、ジュースを選択して大正解だったようだ。

グレンリード陛下と二人、ジュースを片手に料理に舌鼓を打っていく。腹八分目、ほどよくお腹が満たされたところで、デザートになりそうなものを食べることにした。

「陛下はどういたします？　はちみつが好物と聞きましたし、フィリア様の焼き菓子にいたしますか？」

「いや、違うぞ」

フィリア様の贈ってくれた焼き菓子を前に、グレンリード陛下が怪訝そうな顔をしている。

「フィリアもなぜか、はちみつが私の好物だと勘違いしていたようだが、誤りだ。嫌いではないが、好物というほどのものではないぞ」

「……そうなのですか？」

首を傾げつつ、同時に私は納得もしていた。

私と出会った当初の、グレンリード陛下の食への無関心さを思い出すと、好物などなかったと考える方が自然だ。

しかし一方で、フィリア様の言葉が嘘とも思えないでいる。頬を染め可憐に、グレンリード陛下との思い出を語る姿は、ほのかな胸の痛みと共に忘れられなかった。あれが嘘だとは思えなかったし、そもそもの話フィリア様に、あのような嘘をつく理由などないはずだ。

「フィリア様は、なぜあのようなことを仰ったのでしょうか?」

「わからぬ。フィリアの言葉には、嘘の匂いは感じなかったからな。少なくとも本人は、真実の記憶だと思い込んでいるはずだ」

「つまり、事実とは異なる記憶を、誤って覚えてしまったのでしょうか?」

「おおかた別の誰かを、私だと勘違いしてしまったのだろうな。幼い頃、フィリアとはちみつ菓子を食べた人間は実在するが、私ではないということだ」

「勘違い……」

納得できず、私はグレンリード陛下の顔を見上げた。

……うん、やっぱないわ。

グレンリード陛下本人は自覚が薄そうだけど、絶世の美貌と言っても名前負けしない、とてつもなく整ったお顔の持ち主なのである。

これだけ整った顔立ちをした人間を、別の誰かと勘違いすることはまずないと思う。

きっとグレンリード陛下はご幼少期から、とんでもなく目立っていたに違いない。一目でいいから、子供時代のグレンリード陛下を見てみたかった。絶対かわいいに決まってるもん。

「おい、急に黙り込んでどうしたのだ?」

「……なんでもありませんわ」

グレンリード陛下の声に現実に引き戻される。

誤魔化すように、私はぐいとジュースをあおった。

「……念のためもう一度お尋ねしますが、本当に本当に、フィリア様と昔、はちみつのお菓子を食べた思い出に心当たりはないのですよね？」

「それらしき記憶はない。私は記憶力には自信がある方だ。十二、三歳までは体が弱く何日も寝込んでいた日もあったが、そのような時を除いて、だいたいのことは今でも覚えているからな」

「そうでしたか……」

まだ腑に落ちないが、当の本人のグレンリード陛下がそう仰るのだから、フィリア様の勘違いということになりそうだ。

釈然としない思いを感じつつもデザートを胃に収め、その日の会食は終わったのだった。

◇◇◇

「レティーシア様っ！　大変です何ですかあの方っ⁉」

狼番の少年、エドガーの悲痛な叫び声が庭に響いた。

グレンリード陛下の誕生日から数日後、よく晴れた日のことだった。

離宮の前庭に遊びに来た狼たちと戯れていた私は、エドガーの悲鳴に苦笑を浮かべた。

「今日もフェザリオ様がやってきたのね……」

フェザリオ様は私と知り合って以来、数日に一度、なぜか離宮に姿を見せるようになっていた。天翼族は、滅多に人前に姿を現さない、半ば伝説のような存在だ。離宮にフェザリオ様がいるのを見て、驚き騒ぐ人が何人も出てしまったのである。

「がうぅ？」

エドガーの救援に向かうべく立ち上がろうとすると、膝にのっていた狼が鳴き声を上げた。

『僕、まだ撫で撫でされ足りてないよ？』

『もっと撫で撫でして！』

と訴えるように、じっとこちらを見上げきゅんきゅんと鼻を鳴らしている。

「か、かわいすぎる……！」

上目遣いの威力がはんぱない。

くらりとしてしまったが、今はエドガーの元へ向かわなければいけない。

心を鬼にし狼をそっと地面に降ろすと、悲鳴が聞こえた方へと向かった。

「レ、レティーシア様っ！　あ、あああああの人っ！　まさか本物の天翼族の方なんですか⁉」

「えぇ、そうよ。目立つ人だけど、こちらに乱暴なことはしないから、少し落ち着いてね？」

ガタガタと震えるエドガーの肩を叩きなだめる。

まだ狼番としては駆けだしながら、よく狼をまとめていて将来有望なエドガーだけど、性格はとても臆病だった。知らない人間が近づくだけでもびくついて頃と比べれば、だいぶ人見知りも克服できてきたけれど、天翼族が相手ではそうも上手くいかなかったようだ。

エドガーをなだめつつ、狼達に囲まれたフェザリオ様を見やった。

好奇心旺盛な狼に四方から嗅ぎまわられながらも、フェザリオ様は平然としている。

翼の先端を舐められても気にしていないのは、寛容な人柄だと受け取るべきか、ぼんやりしすぎと考えるべきか、少し判断に迷うところだ。

「獲ってきたぞ」

ずい、と。フェザリオ様が右手に持っていた野鳥を差し出した。

腹部に特徴的な白い模様のある、肉の美味さでよく知られている野鳥だった。狼もこの野鳥の匂いを嗅ぎつけ、もふもふわらわらと集まってきていたようだ。

「交換だ。獲物を持ってきたから、料理を作ってくれ。レティーシア様の料理は楽しみだ」

あいかわらずフェザリオ様の表情は薄く感情が読みづらいが、言葉に嘘はないようだ。

私の料理を気に入ってくれたのか、離宮にやってくるたび毎回、料理をお願いされている。

こちらとしては断る理由もなく、野鳥や獲物を貰う必要もないのだけど、フェザリオ様いわく、『施されるばかりはよくない』

らしく、半ば強引に獲物を渡され、代わりに料理を提供する関係が続いていた。

初めはこちらも少し緊張していたけど、接してみればフェザリオ様は良くも悪くも、浮世離れした純粋な人柄だと理解できた。

天使と言うより、同じ翼を持つ者でも、ひな鳥の方が近いのかもしれない。

年齢は二十代前半らしいが、人間社会に関わるようになったのは、まだ数年前のことと聞いているので、ある意味当然かもしれない。

フェザリオ様の故郷の里は外界と隔絶されているため料理の種類も調味料も乏しいようだ。里にいた頃はそれが当たり前なので不満もなかったが、外に出て私の料理を見るにつれ、食への興味が強まってきたらしかった。

そんなフェザリオ様のために、手早く野鳥を処理し調理を進めていく。捌くことはさすがに私にはできないため、専門の料理人に任せ、その間に味付け用の調味料を調合していく。

まだ外界の調味料に慣れていないフェザリオ様のために、味付けはごくオーソドックスに。塩胡椒で味を調え、ローズマリーなど香草を詰め込み焼き上げる。

シンプルな味付けだけど、素材がいいおかげか十分に美味しい。

フェザリオ様も満足してくれたようで、あっという間にたいらげられてしまった。

「料理とはいいものだな」

言葉少なげにそう告げると、来た時と同じようにまた、風のように去っていったのだった。

◇◇◇

「ようこそ、レティーシア様。お越しいただけ嬉しいです」

南の離宮の入口でフィリア様が、愛らしく微笑み出迎えてくれた。

私も礼儀にのっとって挨拶をし、談笑をしつつ応接室へと向かっていった。

「本日は、こちらのお願いを受けて、お招きをいただきありがとうございます」

「ふふ、私もレティーシア様とお会いできて嬉しいですわ。先日のグレンリード陛下の生誕祭の贈り物、約束を守っていただけ助かりましたもの。きちんと一度、お礼を申し上げたいと思っていたところです」

「お礼を言われるほどのことでもありませんわ。元々、贈り物にはジュースを贈る予定でしたし、もしはちみつを使ったお菓子でフィリア様と競い合っても、こちらが霞んでしまうだけですもの」

「ご謙遜を。レティーシア様でしたらきっと間違いなく、グレンリード陛下のお心を射止める料理を作られていたと思いますわ」

そう言って、淡く微笑むフィリア様に、私は気になっていたことを聞いてみた。

「何でしょうか？」

「フィリア様が生誕祭でグレンリード陛下へと仰っていたことについて、少しお尋ねしても？」

「フィリア様が昔、グレンリード陛下とはちみつのお菓子を一緒に食べたという思い出です。どのような場所で、どんな会話をしたか、フィリア様は覚えていらっしゃいますか？」

「もちろんです」

ぱっと、花が咲くように。

可憐な笑みを浮かべ、フィリア様は語りだした。

「私にとってあの記憶は、他の何にも代えがたい、大切な思い出ですもの。グレンリード陛下とのあの出会いがあったからこそ、今の私がいると言えますわ」

掌中《しょうちゅう》の珠《たま》を愛《め》で、大切に大切に慈しむようにして、フィリア様が思い出を語っていく。

「私が子供の頃、我が公爵家が荒れていたのはご存知ですか？」

「噂だけですが、お聞きしていますわ」

「きっと噂の通り、いえ、それ以上に酷かったかもしれませんわ。父も母も厳しい顔をしていて、幼い私はどこにも、居場所がないように感じていましたもの」

当時十にも満たないフィリア様が、骨肉の争いに巻き込まれたことを思うと、胸が痛くなった。

宙に浮いた公爵家の爵位を巡る、肉親同士での血で血を洗う蹴落とし合い。

「家の中の空気に怯えうんざりした私は屋敷を抜け出し、王都をさ迷い歩いたのです。公爵家の令嬢として失格でしょう？」

「いえ、そんなことは全く思いませんわ」

本心からの言葉だった。

フィリア様が公爵令嬢失格なら、私なんて論外もいいところだ。

幼い頃から何度も、主にクロードお兄様に連れられ町に出ていたし、今だってこっそり、お忍びで街を歩いていたりする。淀んだ家庭内の空気に耐えかねたフィリア様が町に逃げたことくらい、同情こそすれ責める気には全くならなかった。

「ふふ、お優しいのですね。当時、レティーシア様のような方が周りにいたら楽だったのでしょうが、あいにく誰も、幼い私のことを真剣に考えてはくれませんでした。そんな余裕、きっと父にも母にもなかったのでしょうね。私と向き合い話をしてくれたのは、王城を抜け出してこられていた、グレンリード陛下だけでした」

フィリア様の記憶を、私の知るグレンリード陛下の情報と重ね合わせる。

グレンリード陛下は真面目な方だけど、狼の先祖返りでもあった。

狼に変じると理性が弱まると言っていたし、幼い頃には変化自体を制御できず、狼の姿になり外に出たこともあると話していた。

その時偶然、幼いフィリア様と会っていたというなら、確かに話のつじつまは合いそうだ。

「グレンリード陛下には私が、よほど情けなくかわいそうに見えていたのでしょうね。震える私の手を引いて優しく笑い、励ましの言葉をくだったのです。私が家から持ち出してきたはちみつのお菓子を二人で分け合い食べて、たわいもない話で笑い合いました」

「それは、とても心強いですね」

氷の彫像がごとくの美貌を誇るグレンリード陛下だが、その心根が優しいことを私は知っている。心細そうにするフィリア様を、子供ながらに気遣う姿は容易に想像できた。

しかし一方で、食に関心の薄かった陛下が笑いながらはちみつのお菓子を食べるとは考えにくく、違和感がつきまとうのだった。

「ええ、私には、その時のグレンリード陛下が、何より尊い存在に思えました。だから私は、グレンリード陛下の恩に報いるためにも、誰にも恥じることのない淑女となり、グレンリード陛下を支えたいと思い、こうしてこの離宮にやってきたのですわ」

「大変立派な志だと思います」

きっとフィリア様は、ものすごく努力されたはずだ。

礼儀作法に教養、話術に身のこなし、社交界での立ち回り。

全てに真摯に向き合い自分の糧にして、そうしてここに立っているはずだ。簡単には考えを読ませない笑顔も、そつのない振る舞いも全ては、フィリア様の努力の賜物《たまもの》に違いない。

「ふふ、つまらない私のお話を聞いてくれてありがとうございます。レティーシア様にお褒めいただけ、とても光栄ですわ」

「こちらこそ、お話しいただけありがたいです。私はお飾りの王妃ですが、それでも、皆様のお心に触れて少しでも、力を合わせられたらと思っていますもの」

大切な思い出を教えてくれた礼をしつつ、私は今日の本命の用事を切り出した。

「フィリア様には先日、貴重な笛蜜蜂のはちみつをわけていただきました。本日は、そのお礼をしたいと思い参りました」

「お礼なんて、そんな。私の方こそ、生誕祭の贈り物の約束を守っていただいたことに、感謝申し上げますわ」

互いに微笑み、感謝を述べ合う私達。このままでは話が進まず、フィリア様に受け流されてしまいそうなため、アプローチを変えることにする。

「これはフィリア様へのお礼であると同時に、私のための話でもありますわ。一つ、試してみたいことがあるので、お力を貸していただきたいのです」

「私の力を？」

「はい。笛蜜蜂の巣を一段、お貸しいただくことは可能でしょうか？」

この国での蜜蜂、および笛蜜蜂の巣は陶器製の箱の中に作られている。

箱の中には長方形の枠組みが何段も入れられており、その枠組みに沿って作られた蜂の巣から、はちみつを回収する形だ。

「レティーシア様の頼みですし、一段でしたら大丈夫ですが……」

言いつつも、フィリア様は消極的な気配だ。

「笛蜜蜂の扱いに関しては、我が公爵家の技術が一番だと自負しております。こちらで採蜜したはちみつを差し上げた方が、手間を省けよろしいのではないでしょうか？」

「心遣いはありがたいのですが、私は採蜜作業で少し、試してみたいことがあります。私の離宮にある巣箱で何度か試し成功しているので、こちらの笛蜜蜂の巣でも行い、フィリア様にご覧いただきたいと思います」

「……そういうことでしたか」

笑顔のまま、フィリア様が思案している。

蜜蜂の取り扱いに自信を持つ公爵家の令嬢としては、私の提案にプライドと興味を刺激され、無視できないようだった。

「わかりました。レティーシア様のお考え、ぜひ私に見せてくださいませ」

花のように、それでいてどこか挑むように。私を値踏みするようにして笑うフィリア様。

少しずつだけど、こちらに感情を見せるようになってきた気がしたのだった。

◇◇◇

笛蜜蜂の巣箱が置かれた中庭は、春の盛りをむかえ美しかった。

ポピーにカタクリ、シャクナゲ、早咲きの薔薇も大輪の花を咲かせている。見た目を愛でるだけではなく、笛蜜蜂達が蜜を集めるために植えられているのかもしれなかった。

「では、参ります。ご覧くださいませ」

横笛に指を添えたフィリア様が、滑らかに奏で始める。

前回、こちらに来た時はイレーゼ殿下の乱入がありゆっくり見られなかったので、せっかくなのであらためて、見学させてもらうことにしたのだ。

色とりどりの花を背景に笛を奏でるフィリア様は、とても絵になっていた。

美しい旋律に合わせ笛蜜蜂の集団が飛び回り、自在に宙に軌跡を描いていく。かなり複雑な動きも出来るようで、普通の蜜蜂とは一線を画しているようだ。

低音から高音へ、ゆっくりと時に素早く。

音色に合わせ笛蜜蜂を動かすと、最後に用意された箱の中へ誘導していった。次にフィリア様が笛を吹くまで、笛蜜蜂はじっとしているらしく、安全に採蜜作業を行うことが可能だ。

「笛蜜蜂の飛行、いかがだったでしょうか？」

笛から唇を離し、フィリア様が尋ねてきた。

「お見事です。演奏も笛蜜蜂の誘導も、どちらも素晴らしかったです」

「ありがとうございます。……レティーシア様は笛蜜蜂のこと、どう思われますか？」

こちらに探りを入れるような声色。

笛蜜蜂への賛辞や美辞麗句、ではなく、もっと率直な感想を求められている気がした。

「人間にとって有用な習性を持った益虫ではありますが……一個の種族として見ると少々、脆いようにも思えますわ」

「脆い？」

「そうです。笛蜜蜂はその有用性のおかげで人間に飼われ守られていますが、それ故に人間抜きでは生きられない、脆い生き物であるようにも思えます」

蚕《かいこ》のようなものだ。

人により保護され重用される一方で、笛で指示を出してくれる人間がいない自然界では、生存が厳しい種族になってしまっている。笛蜜蜂が南部地域の一部でしか見られないのも、野生ではすぐ死んでしまい、生息域が広がりにくいせいだと考えると納得だ。

「笛蜜蜂はたとえば、笛の音に指示されれば行き先が川であっても、そのまま飛び込んで全員溺《でき》死《し》してしまうでしょう？」

「そうですわね。笛を操る人間が下手な場合、そのような惨《むご》いこともあります」

「だから、脆いと思いました。笛を吹く人間の腕次第で、巣まるごと一つが死んでしまうこともある儚い生き物。そんな笛蜜蜂を代々受け継ぎ、名産品にまで押し上げた公爵家の存在は、誠にすごいことだと思いますわ」

ちゃっかりと公爵家への賛辞に繋げ、いい感じに話を締めておく私。

「……興味深い感想をありがとうございます。参考にさせていただきますね」

フィリア様は瞳を一度閉じると、ゆるく笑みを浮かべた。

笛をしまうと背後に控えていた使用人に指示を出し、笛蜜蜂の巣箱から巣を取り出させた。

「少しお待ちください。幼虫がいる区画とはわけてありますが、念のため混入していないか確認させます」

「お願いいたします」

確認作業が終わったら、いよいよ私の出番だ。まずは蜂の巣の上部、中に貯めこんだはちみつが外に出ないよう覆っている、蜜ぶたと呼ばれる部分を取り外していく。

『風刃！』

すぱん、と軽い音を立てて。

精密に操作された風の刃が蜜ぶたの部分だけを、綺麗に巣の本体から切り飛ばしていた。

「なるほど。魔術には、そのような使い方もあるのですね。刃物を使うより早く的確に、巣の本体への傷みも少なく取り外せています」

フィリア様は感心している様子。

これで第一段階はクリアだった。

「見ていてください。まだこれで終わりではありません」

私は詠唱をすると、風の腕で蜂の巣を掴み上げ、そのまま空中で回し始めた。

回転する蜂の巣の周りを覆うように、ぐるりと風の障壁で包み込んであり、遠心力で巣から弾き飛ばされたはちみつが、障壁に沿って流れ落ちてくる。

原理としては、遠心分離機と同じものだ。

障壁の下部には一か所だけ穴があけてあり、流れ落ちてきたはちみつが、下に置かれた容器の中に溜まるようにしてある。

「どうぞ。完成です。従来のやり方に比べて、だいぶ不純物は少なくできていると思います」

この国での一般的な採蜜方法は、蜜ぶたを切り落とした後、巣全体を傾け、重力任せで滴り落ちてくるはちみつを集めるやり方だ。粘性が高い蜂蜜はなかなか下に落ちてこなかったり、巣の中で固まり詰まってしまうことも多い。そのため、ある程度はちみつが落ちてきた後は、巣ごと粉砕し、残りのはちみつを回収しているのだ。

しかし、このやり方では、はちみつにゴミや不純物が多く混ざり込んでしまい濾過作業が大変になるし、風味自体もどうしても、不純物の分落ちてしまっていた。

一方の私の考えた、遠心力を使うやり方なら不純物は大きく減らせるし、巣を壊さずはちみつだけを回収可能だ。巣を破壊しない分、次にはちみつを採取できるまでの期間も短縮でき、いくつもの大きなメリットがあった。

フィリア様もこの方法の強みは理解できたようで、採蜜されたはちみつをじっと見ている。

「すごいですね。このような方法があるとは知りませんでしたが……」

フィリア様が視線を、はちみつから私へと向けてきた。

「あれ程に繊細に風を操れる魔術師は、国全体でも一人か二人しかいないはずです。残念ながらレティーシア様抜きでは、実行することができない方法だと思いますわ」

「今はまだ、そうかもしれません」

「……今はまだ?」

私は力強く頷いた。

「魔術局の方に今回の方法を見てもらったところ、専用に開発した紋章具を使えば、私抜きでも同様の方法を使用できるだろう、と助言をいただいております」

魔術局のお墨付きだ。

遠心分離機、原理自体はそこまで難しいものじゃないし、紋章具には既に、物体を回転させる機能を持つものが存在している。既存の紋章具を元に改良を行えば、実現は十分可能なようだ。

効果的な紋章具の作成には、魔術式の構築理論や技術だけではなく、周辺部品の製造技術も必須になってくる。

紋章具で発動される魔術の効果が広がりすぎないよう、金属の覆いを作って覆ったり。

反対に、魔術の効力を一点に集めるために、誘導路を作ったりもしている。

そのおかげで、魔術局には魔術に関する技術だけではなく、冶金《やきん》技術や様々な素材の加工ノウハウが集積されていた。

魔術局、という名前ではあるけど、科学研究所に片足を突っ込んでいるのが実態だ。

思えば地球でも、西洋における科学は錬金術、元を辿れば魔術の一種から発達したと聞いている。そう考えればこの世界でも、魔術を利用したモノ作りを追求した結果、科学の領域に踏み込むことになるのも当然の流れなのかもしれなかった。

「魔術局の見立てによれば、一、二年ほど研究と改良を続ければ、実用的で値段のつり合いも取れた採蜜用の紋章具を開発できるそうです」

「……つまり、その開発資金を、私達の公爵家に出して欲しいということですか？」

「そう伺っておりますわ」

話が早くて助かる。

研究と開発にお金が必要なのは、魔術だろうが科学だろうが同じだった。

フィリア様に出資してもらえれば、紋章具の開発も一気に進むはず。

見返りとして魔術局は、最新の採蜜用の紋章具を安価な値段でフィリア様達に提供する予定だ。紋章具の研究が進めば進むほど、フィリア様達も魔術局も得をするようになっている。

それに、もしフィリア様が出資を断るようであれば、養蜂を営む別の貴族の元へ、出資話を持っていくだけだ。そうして紋章具の改良に成功した場合は、その家の採蜜の質と速さがどんどんと向上していき、相対的にフィリア様の家のはちみつの価値も下落していくことになる。

聡いフィリア様は当然、そのあたりの危険性も理解できているはずだ。

少しの間考え込むと、答えを決めたようだ。

「わかりました。私の一存だけでは即決できませんが、父とも相談し、前向きに検討させていただきますわ」

「色よい返事がいただけることを願っていますわ」

この出資が結ばれ採蜜用の紋章具の開発に成功すれば、紋章具のアイディアを出し、フィリア様と魔術局を結び付けた私の評判も自動的に上がることになる。

魔術局の皆様には、是非頑張ってもらいたいところだ。

「レティーシア様はご優秀だとお聴きしていましたが、お噂以上ですのね」

「ふふ、ありがとうございます」

フィリア様からの好感度を稼げたなら上々だ。

生誕祭の贈りものでの約束を果たしたおかげもあってか、少しずつだけど、フィリア様もこちらに歩み寄ってくれている気がした。

友好関係を結べれば一番だし、そこまではいかなくとも互いの能力や人柄、行動指針を知っておけば、余計な諍いを起こすことも少なくなるはず。

そう計算しつつ、採蜜のやり方についてフィリア様と話していたところ、

「にゃにゃにゃにゃっ!!」

「コムギ!?」

中庭へと庭師猫のコムギが飛び込んできた。

酷く慌てた様子で、尻尾がぶわりと膨らんでいる。

「にゃうにゃ！　みゃうみゃ、みゃ！　うにゃうにゃうにゃうにゃっ‼」

「落ち着いて、コムギ。それじゃ私はわからないわ」

興奮するコムギをどうにかなだめ、身振り手振りで事情を聞きだそうとしていると、

「レティーシアっ！　あなた、なんてことをしてくれたのっ⁉」

眉を吊り上げたイレーゼ殿下が、中庭へと勢いよくやってきた。

憎々し気に唇を歪め、視線も険しくコムギを見下ろしている。

「あなたっ！　あの薄汚い猫達にどういう躾をしてるのっ⁉」

「いきなりなんですの？」

前に出てコムギを庇いつつ、イレーゼ殿下へと向き合う。

「庭師猫は賢い幻獣です。理由もなく他人に害を加えたり、騒動を引き起こしたりしませんわ」

「賢い⁉　これを見てもそんなことが言えるのっ⁉」

「……！」

イレーゼ殿下を追うようにして、まだ年若い侍女がやってきた。

白黒のお仕着せには点々と血が飛び散り、右腕に引っ掻き傷が刻まれていた。

「卑しい猫の仕業よ！　跡が残ったらどうするの⁉　この侍女はあなたが雇っているような下賤《げせん》のものとは大違い！　マルディオン皇国の伯爵家の出身⁉　どう償ってくれるのかしら⁉」

「いきなり庭師猫がひっかくわけがありません。いったい何をしたのですか？」

「嘘おっしゃい！　近くを歩いていただけよ⁉　ただの通り魔じゃない‼」

「庭師猫の畑の近くを、ですか？　柵が張ってありますし、立ち入らないようグレンリード陛下による通達も行われています。そこに勝手に入ったのですね？」

声が冷え込み、ふつふつと腹が立ってきた。

柵も通達も無視して入っておいて、被害者ヅラをして喚ける神経がわからない。

ただでさえここのところ、庭師猫達は気が立っていて、扱いに苦心していたのだ。

徒《いたずら》に刺激したのも許せず、私はイレーゼ殿下を睨みつけた。

「っ！　何よその顔はっ⁉　開き直るって言うの⁉」

「開き直っているのはそちらでしょう？　立ち入り禁止の場所に入って怪我をしても、自業自得としか言えませんわ」

「帽子よ！　風に飛ばされた帽子を拾いに行っただけよ⁉　なのに野蛮な猫達がよってたかって、私の侍女を傷つけたのが悪いに決まってるわ‼」

無茶苦茶な主張をすると、イレーゼ殿下がびしりと扇でこちらを指してきた。

「この償いは必ず！　必ずあなたに支払わせてやるから、せいぜい覚悟しておきなさい‼」

ぴんと指先までを伸ばした姿で、声高に断罪を告げ去っていくイレーゼ殿下。

そのどこか得意げな後ろ姿に、私は嫌でも悟ってしまった。

まず間違いなく、これは事故ではなくわざとだ。

庭師猫を利用して私の評判を貶めようと、侍女が引っかかれるよう誘導したに違いない。

浅慮《せんりょ》な人だとは思ってたけど、まさかここまでやらかしてくるなんて……。

「コムギ、ごめんね。人間同士の争いに巻き込んじゃって」

「にゃぁ……」

コムギは興奮が落ち着いてきたのかどこか申し訳なさそうに、耳をぺしょりとしたのだった。

◇◇◇

手早くフィリア様への挨拶をした私は、すぐさま庭師猫達の元へと向かった。

馬車を走らせていくと、柵の周りに人の群れ。騒ぎを嗅ぎつけ集まってきた野次馬のようだ。

柵の中では庭師猫達が毛を逆立て、野次馬たちに警戒心をむき出しにしている。

野次馬を散らすと、私は詳しい事情を庭師猫達に聞くことにした。

「にゃっ！　にゃ！　にゃにゃにゃにゃにゃにゃっ！」

憤懣《ふんまん》やるかたないといった様子で、荒々しく声を上げる庭師猫達。

彼らの話をまとめるとこうだ。

いつも通り畑仕事をしていたところ、帽子を半ば投げるようにして柵の中に入れた人間——イレーゼ殿下の侍女がやってきたらしい。

侵入を試みる侍女に、当然庭師猫達は身振り手振りと鳴き声で警告し抗議したが、まるで効果がなく柵を越えられてしまったらしい。

それでも庭師猫達は、私の顔を潰すまいと手や爪は出さないよう我慢し、なんとか大事にならなないよう努力してくれていたみたいだけど……。

「急に石を投げつけられて、それで驚いて、つい近くにいた侍女を引っ掻いてしまったのね？」

「にゃっ！」

これがその石です、と。

肉球にのせて差し出されたのは、ビー玉より少し小さいくらいの、丸く黒っぽい小石だった。球形をしたその石が突如飛んできて、限界近くまで気が立っていた庭師猫を、恐慌状態に陥れてしまったらしい。

「石を投げつけてきた犯人はどこにいったの？」

尋ねるも、庭師猫達は首を横に振っている。

どの子も犯人らしき人間の姿や、逃走先は見ていないらしい。石を投げつけられた直後に、ほとんどの庭師猫がパニック状態になってしまったため、犯人の追跡まで気が回らなかったようだ。石はかなりのスピードで飛んできたらしく、庭師猫達の動体視力でも、飛んできた方向が辛うじてわかっただけのようだ。

肉球が指し示した方角には、柵の少し向こう側から木立が続いており、身を潜められる場所はいくらでもありそうである。

石が飛んでくる直前、がんっ、というような音を聞いた子と、木立の中で何かが光ったのを見た子もいるらしい。なんらかの魔術ないし紋章具で、高速で石を飛ばしたのかもしれない。

あれだけ離れた距離から、庭師猫達の目にも止まらないスピードで石を投げつけるのは、獣人が投石機を使っても難しいはずだった。

「……怪しいものは見当たらないわね」

証拠を求め、木立の中を探るも、これといったものは見つからなかった。

誰かが故意に庭師猫の暴走を引き起こしたと証明できれば、イレーゼ殿下もこれ以上文句は言えなくなるはずだけど……。

「魔術局に、協力を頼むしかないかしら」

ここで魔術が使われたなら、魔力の痕跡が残っているはずだ。

人間には感知できない微量な魔力でも、魔術局にある検知用の紋章具を持ってくれば、何か手がかりが見つかるかもしれない。

さっそく私はボドレー長官の元へ向かったが、ちょうど所用で出払っており、既に陽も暮れかけていたため、詳しい調査は明日へ持ち越しになったのだった。

◇　◇　◇

「王城内の人々はおおむね、レティーシア様と庭師猫達の味方のようですね」

明けて翌朝。

ルシアンが調べてきてくれた情報に、私は胸を撫でおろした。

「よかったわ。あれで庭師猫達が悪者扱いされたらたまらないもの」

「当然の調査結果ですよ。レティーシア様とイレーゼ殿下では、積み重ねてきた信頼も好感度も何もかも、比べることさえおこがましいほど隔《へだ》たっています。ざまぁみやがれですよ」

笑顔でルシアンが毒を吐くが、今日は私も、心の底から同意見だった。

イレーゼ殿下は当てが外れたと思ってそうだけど、ただの自業自得でしかない。

これがマルディオン皇国内で起こった事件なら、イレーゼ殿下に味方する人もいたかもしれない。しかしこの国では、まるきり事情が違っていた。

この国には獣人が多く、獣人は犬や猫を伴獣と呼びかわいがっている。猫や犬を傷つけたり、不当に貶めようとした人間には、風当たりが厳しいお国柄だ。

庭師猫達は王城内に馴染みつつあり、近くに遠くにかわいがっている人がたくさんいた。

反対にイレーゼ殿下は、私以外とも多くのトラブルを起こし、周りからは冷ややかに見られている。マルディオン皇国の威光もありあからさまな排斥や嫌がらせこそ起こっていないけど、この国の人からの好感度は、既に底辺近くまで落ち込んでいた。

そんなイレーゼ殿下と庭師猫がトラブルを起こした時、人々がどちらにつくかと言われたら、やはり庭師猫の方だったようだ。

「これなら、よほどこちらが下手な手を打たない限り、まずいことにはならなそうだけど……」

それはそれとして、庭師猫達に石を投げつけた犯人は、きっちりと見つけておきたかった。

犯人とイレーゼ殿下とのつながりが証明できれば、今度こそイレーゼ殿下の信用は地に落ち、私に嫌がらせをしてくる余裕はなくなるはずだ。

絶対に犯人を見つけ出して、庭師猫たちへ謝罪させよう。

決意もあらたに玄関へ向かうと、背後から軽快な足音が迫ってきた。

「ぴよっぴ！」

くるみ鳥のぴよちゃんだ。

ほわほわとしたクリームイエローの羽を膨らませ、体をすり寄せてくる。

「ぴ！　ぴ！　ぴぴよぴぴよぴっ！」

「どけ毛玉鳥。レティーシア様はこれから外出だ」

ルシアンが引きはがしにかかるが、ぴよちゃんは頑《がん》として離れなかった。

ひよこそのものな愛らしい外見をしているぴよちゃんだけど、背は私よりはるかに大きい。体重も相応に重く、両足を踏ん張りルシアンに抵抗しているようだ。

「もう、仕方ないわね。ぴよちゃん、一緒に行きましょうか」

「ぴっ！」

ぴよちゃんは嬉しそうに一鳴きすると、ますます強く体を押し付けてきた。結構重たかった。

「本当に、この毛玉鳥を連れて行ってよろしいのですか？」

「今日一緒に行動するのは、ぴよちゃんの元飼い主の魔術局の人達だから問題ないわ。ぴよちゃんもここのところ、庭師猫達が構ってくれなくて寂しいんだろうし」

ぴよちゃんと庭師猫は同じ離宮に住むもふもふ同士、割と仲良くやっていたはずだ。

けれど庭師猫達はここのところピリピリモードで、ぴよちゃんと遊ぶ余裕がなくなっている。

魔力を主食にするぴよちゃんにとって、魔力を帯びた庭師猫達は遊び仲間でありおやつでもあった。ここのところ庭師猫と触れ合えず、お腹も心も寂しかったようだ。

ぴよちゃんを連れ、まずは『庭師猫の畑・その2』へと向かった。庭師猫を刺激しないよう、ぴよちゃんを馬車の中に残したまま、私は庭師猫達から話を聞くことにした。

「――ふむふむ。あの後私達が帰った後は、変なことは特になかったのね？」

確認をすると、庭師猫のコムギが頷いた。

少し安心していると、コムギが気になることを伝えてきた。

「え、毒？」

「にゃにゃっ！」

きらーん、と。コムギがかざした爪には、てかてかとした何かが塗られていた。毒、といっても死ぬようなものではなく、相手を眠らせることで、大きな怪我をさせず穏便に撃退するためのものらしい。植物のプロの庭師猫らしく、自ら育てた植物から採取した、便利な眠り薬のようだ。

昨日の騒動で不安感をかきたてられた庭師猫達なりの、自衛手段ということ。

くれぐれもやりすぎないよう、もし本当に危ない相手が来たら逃げて私を呼ぶようにと注意していると、魔術局の職員、オルトさんが到着した。

「――ここにも、反応はありませんね」

「そうですか……」

オルトさんと共に検知用の紋章具を手に調査するも、残念ながら魔術を使った痕跡は見つけられなかった。

「……ということはやはり、紋章具を使って石を打ちだしたのでしょうか？」

「だとしか思えませんね。高性能の紋章具であれば、魔石からほとんど魔力が漏れませんから、探知にも引っかからないはずです」

　オルトさんは頷きつつも、どこかすっきりしない顔をしている。

「ですが、庭師猫の目にも映らない程の速さでここから石を射出し、魔力の痕跡も残さないとなると、相当に高性能な紋章具になります。大きさもかなりかさばるでしょうし、そんなものを持った相手を、いくら混乱していたとはいえ、庭師猫達が逃がすとも思えないんですよね」

　オルトさんの言うことはもっともだ。

　二人で悩み考えていると、馬車に残していた御者がやってきた。

「レティーシア様、お戻りください。グレンリード陛下がお呼びのようです」

◇　◇　◇

　多忙な陛下が、わざわざこちらに出向かれるなんて。

　昨日のイレーゼ殿下との一件についてだろうか、と思いきや、どうやら違っていたようだ。

　グレンリード陛下が放った間諜によって入手された、リングラード帝国の新型の紋章具兵器の設計図。その解析に私にも参加して欲しい、と。そう依頼されてしまった。

「……王妃とはいえ期間限定、しかも他国の出である私が、関わってよろしいのでしょうか？」

どう見ても機密情報、しかも軍事面に直結するであろう重要なものだ。迂闊に他言したり私利私欲で利用する気はないけど、あまりにも責任重大だった。

「おまえだから頼みたいのだ。昨日、魔術局のボドレー長官らを呼び話を聞いたが、長官もおまえの紋章具への知見、自分達とは異なる発想を高く評価していた。リングラード帝国の勢いが著しく、一刻も早い解析を望む今、おまえの才覚はとても貴重だ」

グレンリード陛下の瞳が、まっすぐに私を見つめた。

真摯な光の宿った瞳に、私も正面から答えを返すことにする。

「……承知いたしました。専門家ではない身で、どこまでお力になれるかはお約束できませんが、全力で取り組ませていただきますね」

そう告げた私へと、手渡された極秘の設計図を見て。

「これは、まさか……」

私は小さく、喉を震わせたのだった。

◇◇◇

グレンリード陛下によって、帝国の新型紋章具兵器の解析と研究を任されてから一か月。

魔術局の人達と知恵を出し力を合わせているうちに、飛ぶように時間は過ぎていった。

今日は一月ぶりに、グレンリード陛下に王城の応接室でお会いすることになっている。

多忙な中申し訳ないが、どうしても話したいことがある、と。そう告げられ呼ばれたのだ。

応接室は厳重に人払いがされており、互いの従者も扉の外に控えさせ、二人きりで話をすることになった。

「よく来てくれた、レティーシア。おまえの意見のおかげで、研究が大きく前進したと、ボドレー長官が大層褒めていたぞ」

「私にはもったいないお言葉ですわ」

謙遜ではなく、掛け値なしの本音だった。

私が役に立てたのは前世の知識のおかげが大きかったし、それになにより……。

国のために必要とわかっていても、本格的に兵器の研究に関わるのは気が進まないのが本音だ。

私にはやっぱり、料理や調理器具の開発にいそしむ方が、向いているのだと実感していた。

「本日は大切な用件があるとお聞きしていますが、リングラード帝国についてでしょうか？」

「いや、違う。帝国の関わりもなくはないのだが……」

グレンリード陛下が言いよどんだ。珍しい。重要な件だから、と招待したのに言い渋るとは、グレンリード陛下らしくない気がした。

「帝国に関することではない、ということは、イレーゼ殿下についてでしょうか？」

この一月、私は魔術局での作業と並行しつつ、イレーゼ殿下の様子を探っていた。

幸い、あれ以上庭師猫に危害は加えてこなかったけれど、厄介な相手に変わりはない。

「……あぁ、そうだな。あの皇女も関わっている」

「イレーゼ殿下がどうかなされたのですか？」

「自分をこの国の、次の正妃に据えろと言ってきた」

「え？」

予想だにしない答えに、私は一瞬動きを止めてしまった。

「……イレーゼ殿下はてっきり、フィリア様、もしくはナタリー様の派閥を後押しすることで恩を売りつつ、私の影響力を削ぐのが目的だと思っていましたが……」

「初めはそのつもりだっただろうな」

グレンリード陛下が頷いた。

「だが、マルディオン皇国の状況は大きく変わった。いつリングラード帝国との戦端が開かれてもおかしくない今、どうにかしてこの国を味方側に引き込みたいらしい。多少強引にでも、イレーゼをこの国の正妃に据え、同盟を結びたいようだ」

「………………」

だんだんと話が見えてきた。

心臓がどくり、と。不規則に脈打つのを感じる。

「グレンリード陛下は、イレーゼ殿下を正妃になどしたくない。だから、イレーゼ殿下が付け入る隙がなくなるように、本来の時期を繰り上げて、次の正妃を決めてしまおうというのですね？」

思いがけず早くやってきた、お飾りの王妃の終わり。

ぐらぐらと揺れ動く心を必死でなだめ、何がこの国にとって最善となるかを考える。

ナタリー様は実家に不安があり、ケイト様は本人が正妃の座を望んでいない。

フィリア様はわからないことが多いが、実家の公爵家のことを考えると難しそうだ。

「イ・リエナ様を、正妃に選ばれるのですか？」

声が震えないようにしながら、私なりに考えた結果を示した。

しかし、グレンリード陛下の反応は芳しくなく、何か間違えてしまったらしい。

グレンリード陛下は私を見ながら、ゆっくりと唇を開いた。

「……おまえだ」

「……え？」

「私は、おまえをこの先もずっと、正妃にしたいと思っている」

グレンリード陛下の言葉を、脳が理解できなかった。

私が、ずっと、正妃のまま？

音は伝わっても、意味が上手く呑み込めなかった。

「いったい何を仰って……？」

「言葉通りだ、レティーシア。二年限定のお飾りの王妃ではなく正式な王妃として、おまえを迎えたいと望んでいる」

「そんな、こと……。私はこの国の出身ではありませんわ。正式な王妃は、この国の令嬢から選ぶのが通例のはずです」

「しょせん通例だ。過去に類を見ない勢いでリングラード帝国が国力を伸ばし、大陸の勢力図が激動する今、通例にこだわりすぎては国を守れなくなる」

「ですが……」

「既に四人の正妃候補には意を確認している。ナタリーとケイトはレティーシアならばと祝福していたし、イ・リエナもおまえが適任だと言っていた。フィリアは明言こそしなかったが、拒絶もしていない」

「……」

ナタリー様達が、私を正式な王妃にと望んでくれたのは嬉しい。

嬉しいが、感情に思考が追い付かなかった。

「正妃候補だけではない。王城に暮らす者、王都の民に獣人、人間。みな、おまえがこの国のために尽くしてきたのを知っている。おまえがこの国に来た当初に被っていた婚約破棄の汚名も、祖国での活躍で既に雪《そそ》がれている。足枷となりうるのはもう、おまえの意志くらいなものだ」

「私の……」

目を伏せ、胸に手を当て。

思いと打算を、望みと最善を、やるべきことと選びたい道を考える。

私はこの国が好きだ。

優しい人たちと美味しい料理、もふもふの動物。

みながこの先も平和に暮らしていけるよう、力になれたらと願っているけれど。

「…………」

二年間限定のお飾りの王妃だから、と。どこかで一線を引いていた私。

この国も陛下も大好きだけど、だからこそ正式に王妃になってよいか、自信が持てなかった。

「私はおまえが欲しい」

「っ……⁉」

突然の陛下の告白に、思考と鼓動が乱高下した。

「なっ……⁉」

「おまえの優しさ、料理への想い、誇り高くある姿、時に民と交わり気さくにこぼす笑顔。全てが得難く眩しく、この国を照らし良き道へ向けてくれると、私は信じているからな」

グレンリード陛下は、そう告げると。

長く骨ばった指を、こちらへと差し出してきた。

「……私は」

手を伸ばし、しかし陛下の手を取れないままで震えていると。

グレンリード陛下の瞳が切なげに、愁《うれ》いを帯びて伏せられていく。

「……おまえには、酷なことを求めてしまう。心に想う男が祖国にいるのを知りながら、この国のため民のために、私の手を取ってくれと望んでいるのだからな」

「……え？」

陛下のお言葉に、私は間抜けな声を上げてしまった。

異性として想う祖国の男性なんて、まるで心当たりがなかった。

「もう隠さなくていい。知っている。ジローという男だろう？」

「はいっ⁉」

なんですと⁉

ジローのことなんだと思ってるの⁉

「ち、違いますっ‼　ジローは、」

「誤魔化さずともよい。おまえのジローへの思いは――」

「ジローは犬です！　かわいい柴犬‼　人間じゃありませんっ‼」

力いっぱい叫ぶと、

「…………なんだと？」

グレンリード陛下がぽかんと、動きをフリーズさせていた。

「だが、おまえは、ジローの名をいつも恋し気に呼んでいて……」

「誤解です！　愛犬への健全な想いですから‼」

とんでもない勘違いをされていたようだ。

グレンリード陛下はぎこちない動きで、唇を小さく開閉させている。

「……だが、いや、待てよ？　王妃に迎えるにあたり、おまえの身辺については調査させてもらったが、ジローなどという名前の犬は、欠片も出てこなかったぞ？」

「それは……」

こちらの世界に生まれる前、前世の愛犬だから当たり前だ。

どう説明すればよいかと考え、はたと気がつく。

――――隠し事をするのはよくない。

それこそがグレンリード陛下の手を取るのを躊躇させていた、原因の一つだと気がつく。

私は今までずっと、前世については誰にも打ち明けないできた。

気持ち悪がられたら嫌だし、そもそも信じてもらえないと思っていた。

それが間違っていたとは思わないけど、でも、この先ずっと、グレンリード陛下と共に歩む道を望むのだとしたら。

こんな大きな隠し事をしたままではよくない、と。そう思ったのだった。

「……信じてもらえないかもしれませんが」

声が震える。怖い。やめたい。

グレンリード陛下なら、頭ごなしに否定はしないと思うけど。

それでも、拒絶されたらと思うと怖かった。

「レティーシア？」

それでも勇気を振り絞り、秘密を打ち明けていく。

「ジローは私が昔、生まれる前、日本で飼っていた犬の名前です」

「生まれる前に、ニホンで……？」

「そうです。前世です」

下に落ちていた視線を上げ、グレンリード陛下を見つめる。

「信じられないかもしれませんが、私には前世の記憶があります」

一大決心をした私の告白、その返答は。

「――――っ⁉」

突如発生した閃光。

そして――――

「そうか。君は死ぬべき人間だったのか」

首筋に突きつけられた、グレンリード陛下の刃によりもたらされた。

「……っ」

ひゅうと喉が鳴る。

本物だ。偽物なんかじゃない。

刃の輝きに殺意を乗せ、グレンリード陛下が私に剣を突きつけていた。

「え……？」

事実が呑み込めない。思考が空回る。

からからに干上がった喉で、私はただ、グレンリード陛下の名前を呼んでいた。

「グレンリード陛下、なぜ……？」

乾いた私の問いかけに、グレンリード陛下は唇の端を歪めた。

違う。直感する。

これはグレンリード陛下じゃないナニカだ。

「あなた、何……？」

「何、と来たか。ははは、君は勘が鋭いようだね」

グレンリード陛下の姿をしたナニカが喋った。

柔らかな笑みに潜む底冷え。

冷たいようで温かいグレンリード陛下とは、まるで正反対の印象だった。

「僕の名はシルヴェリオ。この国の初代国王と言った方が、君にはわかりやすいかな？」

「シルヴェリオ……」

呆然と呟く。

ヴォルフヴァルト王国が今の形になるより遥か昔、初代の国王の名前だ。

「とっくの昔に死んだはずの人間が、なぜここにいるの？　グレンリード陛下はどうなったの？」

「酷いな。そんなの、君と同じに決まっているじゃないか」

心臓がざわつく。骨が軋む。こぶしを握り込んでいた。

シルヴェリオは秀麗な、酷薄な笑顔で私へと告げた。

「転生だよ。グレンリードと同じ魂を持つ、何代も前の存在が僕だ」

「グレンリード陛下の前世……」

「違うよ。前世の前の前のもっと前。この魂が初めてこの世に受肉した時の人格が僕だ」

「受肉……」

人らしかぬ響きの言葉に、悪寒と嫌な予感が加速していく。

「予感は正解だよ。……さて、そろそろ僕も、役目を果たすとしよう」

ひゅん、と風を切る音。

長剣が振りかぶられ――

「ぐっ……！」

一向にやってこない痛み。

長剣を振りかぶった態勢のままシルヴェリオが、いや違う、これは陛下だ。グレンリード陛下が、苦悶《くもん》の表情を浮かべ固まっていた。

「グレンリード陛下⁉」

「っ、ぐ、っ、くそっ……！　私からっ、離れていろっ‼」

全身を震わせ叫ぶグレンリード陛下。

その体にかぶさるようにして、よく似た面差しの、シルヴェリオの姿がダブって見えた。

グレンリード陛下を置いて逃げることもできず固まっていると。

「そこまでだ。あなたの出番は今ではない」

「ぐっ⁉」

フェザリオ様だ。

どこからか姿を現したフェザリオ様がグレンリード陛下に触れると、その箇所が淡い光を帯び輝き始める。光が一際強く発光し消えると、フェザリオ様の手には優美な長剣が握られていた。

「フェザリオ様、今いったい何を……？」

ふらつくグレンリード陛下を支え尋ねる。

なにがなんやら、事態がまるで把握できなかった。

フェザリオ様が長剣とこちらを順番に見て頷く。

「わかった。説明する。私では下手だから代わろう。――――あなたも混乱しているだろうが、どうか落ち着いてひとまず最後まで私の話を聞いて欲しい」

「え、フェザリオ様、そんな風に喋れたの……？」

突如流暢《りゅうちょう》に、別人のように語りはじめた姿に、困惑しか覚えられなかった。

「その点についても説明するから、まずは私の話を聞いてくれ。始まりは、そう、六百年ほど昔まで遡って――――」

◇◇◇

大昔、六百年ほど前の、『大暗黒』と呼ばれた時代の話だ。

西方大陸には百を超える国がひしめき、絶えず争い合っていた。

優れた皇帝も、老いれば暗君と化し民を虐げ。

聡い指導者も、配下が愚かであれば役に立たず。

真に優秀な王がいたとして、寿命には勝てず屍を晒し終わった。

悲嘆のあふれる時代はやがて、神の顕現を迎えることになる。

民草の嘆きに触れ、その祈りに応え、神は人々の望む姿へと受肉していく。

獅子、蛇、狼、鹿、鳥、狐、龍、虎。

聖なる獣の相を持つ人間となった神々は各地へと散らばり、小国を束ね大国を興《おこ》していった。

優れた容姿、頑健な肉体、鋭敏な知性、自然の威を繰る超常の力。

王として望まれる全てを備え受肉した神々は、瞬く間に王となり乱世を平定し、『大暗黒』を終結させることになる。国をまとめ権力を束ね、その過程で不都合な存在、たとえば、権力の分散を招きかねない大規模な宗教組織といったものも潰していったのだ。

争いを収め国を安定させ、人の王であればそれで終わりだっただろうが、彼らは神であった。

二度と同じような時代が訪れぬように。子々孫々に至るまで民が安寧を享受できるように、と。

神は子を残し、その血筋に幾度も生まれ変わり、何度でも君臨する道を選んだ。

その八柱の神のうちが一柱、聖なる狼こそがヴォルフヴァルト王家の初代国王であり、今に至るまで続いてきた血筋の始まりである。

先祖返りとは即ち、初代国王の魂を持つ生まれ変わりだ。

通常、先祖返り本人にその自覚はないが、国を傾ければ因果応報、体を初代国王に奪い取られ、名君へと仕立て上げられることになる。

そしてその手助けをするのが、各国に住まう我ら天翼族なのである。

天翼族は神により作られた一族であり。自我の奥、心の底、無意識の海にて全員が繋がっている。それにより、神より与えられた使命を忘れることなく、幾百年も保ち続けることができる。

天翼族の使命とは王を見定め、暗君であれば始まりの一音、『翼音《よくおん》』を鳴らすことにある。

『翼音』が一たび鳴らされれば影響は劇的。存命の先祖返りがいればその者の体を神が乗っ取り王になり、先祖返りがいない場合は、最も濃く神の血を引くものに取りつき王となるのだ。

そして『翼音』は王の血族の全て、すなわち過去に血脈を交えた貴族らにも変化を与えていく。

優れた王も、家臣が凡愚ではどうにもならないと、『大暗黒』以前の歴史が証明している。

故に翼音は貴族にも変化を促し、『書き換え』を行っていく。

『書き換え』られるのは優先順位だ。王の命令に従い、国を栄えさせることこそを至上の喜びと感じるようになり、その他の欲求の優先順位は著しく低くなっていく。

この『書き換え』効果は神の血が濃いほど強く働き、直系の王族であればどれほど私欲にまみれた者であろうと、清廉で勤勉な人間へと変化することになる。

――転生により何度でも蘇る王、『翼音』により忠実な臣下となる貴族、そして善政を享受し幸福に生きる民たち。

それこそがこの国と、そしていくつもの国で六百年間繰り返されてきたお伽噺。神が紡ぐ幸福が約束されし童話なのである。

◇◇◇

「――と、いうわけだ。なお、今こうして語っているのはフェザリオであってフェザリオではなく、天翼族の無意識の海に保存されてきた人格のうちの一つだ。喋ることを得意とする人格を無意識の海より呼び出し、説明を行わせていると思ってもらえばそれでいい。私達天翼族同士は心の奥底で繋がり合ってるがゆえに、会話せずとも意思の疎通が可能なため、口下手な者が多いからな。どうか大目に見てほしい。……以上、今の説明で、何か質問したい点はあったか？」

「……えぇっと……」

質問したい点が多すぎます。

と素直に言うこともできず、私は横目でグレンリード陛下の様子を窺った。

「…………」

顔面を蒼白にし、黙り込んでしまっているグレンリード陛下。

握りしめられた拳をほぐすように、私はそっと手を包み込んだ。

「陛下、落ち着いてくださいませ。掌《てのひら》に爪が食い込んでしまいますわ」

「…………あぁ、すまない。おまえの方こそ大丈夫か？　先ほど私の体を乗っ取ったシルヴェリオのせいで、怖い思いをさせてしまった」

「私なら平気ですわ。グレンリード陛下の鼻でしたら、嘘ではないとおわかりになるはずです」

「……そのようだ。レティーシア、おまえは強いな」

「図太いだけです」

色々とありすぎて、一周回って感情が平坦になってきた状態だ。

正式な王妃にならないかと持ち掛けられ、直後に剣を首にあてられ、六百年分の歴史の裏側を語られ、完全にキャパオーバーもいいところだった。

「あの、質問いいですか」

「うむ、なんだね？」

「結局その剣はなんなんですか？」

フェザリオ様の座る長椅子に横たえられている長剣。先ほどは余裕がなくて気が付かなかったけど、グレンリード陛下の愛剣とも違う、優美な装飾の施された美しい剣だった。

「あぁ、それは僕から説明しよう」

「剣が喋った⁉」

思わずガタリと立ち上がってしまった。

剣が喋った。しかも先ほど、こちらを殺そうとしたシルヴェリオの声でだ。

剣への警戒心をむき出しにするグレンリード陛下に、背中へと庇われてしまっていた。

「そんなに引かないでくれ。僕だって傷つくよ？　ほら、これでいいかな？」

剣から光の粒が立ち昇り、半透明のシルヴェリオの姿を模《かたど》っていく。銀の髪に青みがかった碧の瞳。顔立ちはグレンリード陛下によく似ているが、柔らかくも冷ややかな表情は別人だ。

「これは聖剣。僕の力の一端が形を持ったものであり、普段は先祖返りの体の中に溶け込み宿っている。さっきはそこの天翼族に強引に聖剣を体から引っこ抜かれたせいで、僕ごとグレンリードの中から引きずり出されちゃったみたいだね」

「…………二人は、同じ魂の持ち主だと言ってましたよね？　なのにそうして同時に二人で、別々に存在していられるものなのですか？」

「僕の魂は人間とは違う特別製だからね。遠く離れることはできないけど、これくらいの距離なら問題なく喋れるよ」

「なるほど……」

　超常現象の連続すぎて、もはや何でもありの気分になってきた。

　私は一つ大きく息をつくと、フェザリオ様……の口を動かすお喋り上手な天翼人を見た。

「フェザリオ様は、シルヴェエリオの意に反するようなことをして大丈夫なのですか？　フェザリオ様達天翼族は神に、つまりそこにいるシルヴェリオに作られた存在なんですよね？」

「問題ない。我々はシルヴェリオ陛下に役目を与えられた存在であって、陛下の意のままに動く臣下ではないからな。我々はまだこの国の『翼音』を鳴らしていない。にもかかわらず、シルヴェリオ陛下の魂が、強引にグレンリード陛下の体を乗っ取ろうとした余波が、私の元にまで届いてきたからな。今その体を使うべきは、シルヴェリオ陛下ではなくグレンリード陛下だと考えこの場にやってきたまでだ。致命的なことになる前に、止められて良かったと思っているぞ」

　そういうものなのだろうか？

いまいちピンとこないけど、シルヴェリオの味方ではないならひとまず安心だ。

「しかし君、全然動じてないね」

シルヴェリオが、笑顔でこちらを覗き込んできた。目が笑っていない。グレンリード陛下とそっくりな顔なのに、印象はまるで違っていた。

「『書き換え』のことを知った貴族は怒り狂うか、真っ青になるのが普通なんだけどね？　君の祖国エルトリア王国だって、あちらに住まう天翼族の鳴らした『翼音』による『書き換え』が何度も行われているって理解できてるかい？」

「……やっぱり、私の祖国もそうなんですね」

神々が狼や鹿の姿になった、と聞いた時点で嫌な予感はしていたのだ。

八柱の神が八つの国で王になり、それぞれの国で天翼族を作った、ということならば。

「私の祖国、もし今年の冬のクーデターが成功していた場合、天翼族により『翼音』を鳴らされていたんでしょうか？」

「おそらくはそうだろうな」

フェザリオ様の体で天翼族が頷いている。

「『翼音』の鳴らされる条件はいくつかある。国土の一定以上を短期間で失った時、民が多く死にすぎた時、そして王家が権力闘争に明け暮れ、まともに機能しなくなった時などだ」

「……だいぶ危なかったんですね」

私はため息を吐き捨てた。

「『書き換え』って、どう見ても洗脳の類ですよね？　優先純度が変わるだけ、と言われても、実質的にそれは別人になるのと同じだと思うもの」

　何を大切に思い何を願うか。

　大げさに言えばそれこそがその人の本質、生きる意味と言っていいはずだ。

　それが一方的に書き換えられるなんて、考えるだけでも恐ろしかった。

「『書き換え』の対象である君達貴族や王族にとってはそうかもね」

　シルヴェリオが僅かに目を細めた。

「でも、国の多くを占める民達からしたら、『書き換え』は紛れもない救いだよ。なんせ、『書き換え』抜きではまともに国を治められない為政者達が、軒並み無私の忠臣に生まれ変わるんだ。これ以上ない幸運だろう？　君達貴族にしたって、国が滅んでは立ち行かなくなる。そうなる前に国を建て直すことができるんだから、君達貴族にとっても悪い話ばかりじゃないだろう？」

「…………」

　シルヴェリオの言葉はある意味正しい。

　国が危機に陥らない限り『書き換え』が行われないのだとしたら、『書き換え』が行われた時点で私達貴族の自業自得、国を上手く治められなかったツケを払わされるだけとも言えた。

　そのツケを清算しつつ国を建て直せるなら、それは確かに紛れもない幸運だけど……。

　どこか引っ掛かり、納得しきれないものがあった。

「笛蜜蜂……」

呟くとともに気が付く。

王命にひらすらに忠実に、国のために動くよう『書き換え』られる貴族達。

その在り方は、笛の音に従うことしかできない、笛蜜蜂の生き方によく似ている。

ただ一人の意思の元に動く集団は強固であり脆い。もし、その一人が道を間違えてしまったらそれで終わりだからだ。

『書き換え』の場合は、命令を出すのが神に等しい存在であるから、間違いは起こらないのかもしれないけれど……。

やはり私にはどうしても、不安が拭えなかった。

すっきりしないが、簡単に答えが出るような事柄でもないため、とりあえず思考を切り替えることにした。私の祖国は『翼音』を免れたようだが、他の国はどうなのかが気がかりだ。

「『翼音』が今一番鳴らされそうな国は、マルディオン皇国になるのかしら？」

「だろうね」

シルヴェリオが頷いている。

「皇国の貴族社会では腐敗が横行している。王族の質もお察しだ。とうていリングラード帝国の侵攻を、自力で切り抜けられるとは思えないからね」

そう切り捨てるシルヴェリオを、グレンリード陛下が睨みつけた。

「マルディオン皇国が危ういのは同感だが、この国は違うはずだ。多少の懸案事項はあれど国内は今のところ平穏。なのになぜいきなり私の体を奪い取り、あまつさえレティーシアに手をかけようとした？」

　ぴりり、と。

　肌を刺すような殺気が、グレンリード陛下から放たれている。

「国をよく保つのが、神である貴様の役割だと言っていたはずだ。ならばなぜレティーシアを狙う？　まるで逆効果ではないか」

「その子が前世の記憶を持ってると言ったからだよ」

　シルヴェリオがこちらを見つめた。碧の瞳は冷え冷えと、こちらの芯まで凍えさせるようだ。

「一つの魂に二つの人生の記憶。僕のような特別な魂でないかぎり、自我が混ざり合って崩壊して終わりだよ」

「自我の崩壊……」

　自分の掌を見つめた。

　今のところ自覚症状はないが、急に空恐ろしくなってくる。

「……普通は前世の記憶を思い出して、どれほどで症状が出てくるの？」

「早ければ当日、遅くとも一月以内には。本人一人が廃人になる、程度で終わればマシな部類で、酷い時には町一つ巻き込んで消し飛ばすよ」

「え……？」

　おかしい。私が前世の記憶を思い出して既に一年以上が過ぎている。それに、街ごと消えてしまう、というのもどういうことだろうか？

「なぜ前世の記憶を思い出しただけで、町を壊してしまうの？」

「過負荷のかかった魂が暴走するからさ。魔力の源でもある魂。その暴走は時に、魔術を遥かに凌駕する悲惨な結果を巻き起こすよ」

「………」

前世を思い出して以来、私の魔力量は激増している。暴走こそしていないが、いつか周りに、被害を出してしまうのだろうか？

心配になっていると、シルヴェリオがこちらを観察しているのに気が付く。

「君、呪術の心得はないんだよね？」

「呪術……？」

「魂そのものに干渉し、働きかける技術体系のことさ。名前を知った相手の魂に働きかけ殺したり、色々と物騒なことができるよ。『大暗黒』時代に人死にが多く出た原因でもあったから、当時僕らに根絶やしにされて、現代には残っていないはずさ」

そんなもの、当然私は知らなかった。

首を横に振るも、シルヴェリオは私を見つめたままだ。

「でも、君の魂からは、呪術の残り香がする。どこかで必ず、呪術師に出会っているはずだ。だからこそ前世の記憶を持ったまま、この世界に転生してきたんだろうからね」

シルヴェリオは言うと、ついと指先を伸ばしてきた。

すぐさま、グレンリード陛下が庇おうとしてくれたが、半透明の指先は止められなかった。

「前世の記憶を持った人間を見つけたら、できるだけ早く殺すことにしているんだ。遅かれ早かれ廃人になる以上、周囲を巻き込まないうちに逝かせてあげるのが、せめてもの慈悲だろう？」

「貴様っ！」

激高するグレンリード陛下。

シルヴェリオは半透明の指先で私の顎を撫でると、氷のように笑った。

「君はなぜ、前世の記憶を持ったまま自我が崩れていないんだい？　君は前世でいったい、どんな人生を送っていたんだろうね？」

その問いに、答えることなどできるわけがなく。

私はただ、黙り込むことしかできなかった。

「残念。君に心当たりがあれば話は早かったんだけどね。こうして姿を保ち続けるのも疲れるし、今日のところは見逃してあげるよ」

お休み、と甘く囁くように呟くと、シルヴェリオは瞼《まぶた》を下した。体の輪郭がほどけていき、グレンリード陛下の体に吸い込まれるようにして、瞬きの間に姿が消えてしまった。

「……グレンリード陛下、お体に変わりは？」

「……心なしか体の奥に、何かが居座っているような感覚があるな」

グレンリード陛下は吐き捨てると、憎々し気に自分の手を見つめた。

「忌々しい。よりによっておまえに対して、私のこの手で剣を向けさせる、とは……」

「陛下!?」

グレンリード陛下が眉間を押さえている。

傾く体を支え、長椅子へとどうにか下した。

「なん、だ、この強烈な眠気は……？」

「急にシルヴェリオが出てきた反動だ」

こちらを見下ろすようにして、フェザリオ様が答えをよこした。

先ほどまでの滑らかな喋り方ではなく、フェザリオ様本人の口調に戻っている。

「一晩眠れば回復する。たぶん」

「たぶん……」

不安を覚えつつも、横たわるグレンリード陛下の服を、皺にならないよう整えていく。

手を動かしていると、少しだけ心細さがまぎれる気がする。グレンリード陛下が規則的な寝息をたてるのを確認し、私はフェザリオ様を見上げた。

「ありがとうございます。今も、先ほども、助力いただけとても助かりました」

応接室の大きな窓を強引にこじ開け飛び込んできたフェザリオ様がいなかったら、私はシルヴェリオに殺されていた。紛れもない命の恩人だ。

「料理の礼だ。あなたの料理が食べられなくなるのは嫌だからな」

フェザリオ様は言うと白い翼の先端を、私の頭の上へと乗っけてきた。

羽が触れた部分がくすぐったくて、私は小さく笑ってしまった。

「い、いったい何を……？」

「人間は落ち込んでいる時、こうされると楽になると聞いている」

ふぁさふぁさと、触れるか触れないかの距離で動かされる白い羽。

どうやら掌の代わりに翼で、頭を撫でてくれているようだ。

「ふふ、ありがとうございます」

真っすぐで不器用な優しさが身に染みる。疲れた心が、少しだけ回復した気がした。

私はフェザリオ様に感謝しつつ、これからのことについて考えを巡らせていったのだった。

「あのイレーゼ殿下が、庭師猫の件の謝罪のために訪問したい、ですって？」

ルシアンの持ってきた書状に、私は眉をひそめてしまった。

シルヴェリオに殺されかけてから一週間ほど。明かされた事実にじりじりとした不安を感じながらも、私は表面上、いつも通りの生活を送っていた。

転生の謎、自我の崩壊、呪術師……。

どれも気になることばかりだが、だからといって調べるあても、頼りになりそうな人間も見当たらないのが現実だ。シルヴェリオはあの後グレンリード陛下の中に引っ込んで出てこないし、たとえもう一度会話したところで、有益な情報は望めない気がした。

私にできることは、お飾りの王妃としての務めを果たすことだけ。

今のところ自我の崩壊などには至っていないが、いつ何があるか私にもわからないため、正式な王妃に、という提案は辞退し宙に浮いたままだ。

「イレーゼ殿下、また何か企んでるのかしら……」

正直めんどくさいが、謝罪の申し出を蹴った方が、より拗《こじ》れることになりそうだ。

私はため息をつきながらも、イレーゼ殿下への返信をしたため始めたのだった。

◇◇◇

イレーゼ殿下が離宮に訪れた当日。

謝罪のため、とやってきたイレーゼ殿下だったけど、その視線にはありありと、私への敵意が隠しきれていなかった。

これはやはり何か企んでいるかも、と警戒しつつ、紅茶を出し応対をしていると、

「えっ……?」

ちかり、と。

かすかだが一瞬、体の中を衝撃が駆け抜けたよう感覚があって、手にしていたコップをかちゃりと鳴らしてしまった。

謎の感覚に顔をしかめそうになっていると、がちゃりと大きな音が鳴り響く。

「イレーゼ殿下……!?」

向かいに座っていたイレーゼ殿下が、テーブルへと倒れ込んでいる。長い髪が広がり、こぼれた紅茶にまだらに染まっていく。意識はないようで、呼びかけても全く反応がなかった。

毒殺。

最悪の二文字が頭によぎるも、動揺しないよう冷静に状況を観察する。

おかしいのはイレーゼ殿下だけではない。

横に控えていた殿下の侍女の二人までもが、その場に崩れ落ち、倒れ伏してしまっている。

慌てて介抱にあたらせるも、結果は思わしくなかった。脈と呼吸があるから、亡くなってはいないようだけど、誰一人意識を取り戻す兆候はない。

医師を呼び、イレーゼ殿下の滞在先への連絡を入れ……、と慌ただしくするうちあっという間に時間が過ぎ、さしたる成果も得られないまま日が暮れてしまった。

離宮に訪れたイレーゼ殿下一行四人のうち、侍女一人を除く三人が昏倒。降ってわいたまさかの事態に、私の頭は痛くなるばかりだった。

「どう考えても、私が毒を盛ったようにしか見えないわよね……」

もちろん私はやっていないが、あまりに状況が悪すぎる。

庭師猫の畑の件で、私とイレーゼ殿下が揉めていたのは周知の事実だ。知らない人から見れば、私が腹いせに毒を盛ったと、そう誤解されても仕方がない状況だった。

「それに、イレーゼ殿下が倒れる寸前の、あの謎の感覚はいったい……？」

まさかあれが、イレーゼ殿下の昏倒と関係しているのだろうか？

疑問に思いつつも、私は、身の潔白を証明する方法を探し求めたのだった。

◇　◇　◇

私の疑問の答えは翌日、まさかのグレンリード陛下によりもたらされることになる。

「イレーゼ殿下は、呪術により害されたというのですか？」

「あぁ、間違いない。イレーゼの見舞いに行ってきたが、呪術の残り香がこびりついていた」

呪術。

つい先日まで存在すら知らなかったのに、こうも早く直接相対することになるとは。

私は気を引き締め、グレンリード陛下へと向き直った。

「呪術の残り香で、確かに間違いないのですね？」

「違いない。……おまえが纏っている香りと、通じるものがある匂いだったからな。私が間違えるわけがないだろう？」

少しだけ言い難そうに、でもはっきりと、グレンリード陛下が断言してくれた。

私の魂に、どこでついたかもわからない呪術の残り香があること。認めたくない事実だが、今だけは役にたったのが複雑だ。

「犯人の目星はつきそうですか？　呪術の残り香を纏う人間がいたら怪しいですよね」

この国の人の中に、呪術師がいるなんて考えたくもないけれど。

現に私も巻き込まれつつある今、のん気なことは言ってられなかった。

「今のところ、王城内にそれらしい香りを纏った人物は見つかっていない。イレーゼが寝起きをしていた王城の部屋も見てきたが、手掛かりらしきものは残されていなかった」

「毒物や、それに類するものも何も？」

「残念ながらそちらも空振りだ。身の回りの品とドレスや装身具、ちょっとした菓子、それにフィリアから贈られたらしき、はちみちの瓶があったくらいだ。念のため菓子とはちみつも毒見させたが、どちらも見た目通りの味と食感で、毒性はないようだった」

「そうでしたか……」

物証はなく容疑者の目星もつかない。

呪術自体、よくわからない技術のため仕方ないが、後手に回るしかないのが歯がゆい。

呪術に詳しいであろうシルヴェリオの顔が思い浮かんだが、脳内で却下しておく。

先日の態度では、快くこちらに協力してくれるとは思えなかったし、またグレンリード陛下の体を乗っ取られる可能性も高く怖かった。

「私のうちに眠るシルヴェリオにも、呪術について問いかけてみたが、どうも無視を決め込んでいるらしい。わかりきっていたことだが、あいつはあてにできないな」

グレンリード陛下が、苦虫を噛みつぶしたような顔をしている。

やはり、シルヴェリオはとうてい信用できない相手のようだ。

「フェザリオ様も、今回の件では力を借りられないですよね？」

「だろうな。あいつなら呪術についての知識もあるかもしれないが、天翼族は政治に不干渉を貫いている。『翼音』を鳴らす時期を見極めるため、ただ王侯貴族や国政の有様を観察するだけ。誰とも敵対せず肩入れもしない、それが自らに課した役目だ。おまえの元で料理を食べるだけならまだしも、本格的に協力はしないし、できないのだろうな」

「ですよね……」

残念ながらやはり、フェザリオ様も頼れなさそうだ。既に一度シルヴェリオに殺されかけたところを助けてもらっているし、これ以上のこちらへの干渉は難しいのかもしれない。

事件への呪術の関与はわかったものの、手詰まりなのが現状のようだ。

公務に戻るため去っていくグレンリード陛下を、私は見送ることしかできないのだった。

◇◇◇

悪いことは続けて起こるもので、イレーゼ殿下が倒れてから数日後、思いもよらない知らせが、私の離宮へと飛び込んできた。

「マルディオン皇国が陥落した……？」

信じられない一報に、私は目を見開いた。

早い。早すぎる。

あまりにも早すぎる敗戦だった。

マルディオン皇国の上層部は頼りないと聞いていたが、それでも腐っても、大陸一の大国である。単純な国力だけで比較すれば、リングラード帝国よりも大きく優っているはずだ。

それが、戦端が開かれてから一月ももたず陥落とは、さすがに耳を疑ってしまった。

「早馬での知らせだが、確かな筋からの情報だ」

グレンリード陛下も渋い顔をしている。

マルディオン皇国とこの国は、決して仲が良いとはいえなかったけど、マルディオン皇国ほどの大国が倒れた今、リングラード帝国の脅威度は段違いに跳ねあがってしまった。

これからどう動くべきか考えていると、頭上に影がよぎる。

見上げると、曇り始めた空を滑るように、フェザリオ様が滑空し近づいてきた。

「フェザリオ様、どうなされたのですか？」

珍しく、フェザリオ様が険しい顔をしていた。

政治には不干渉のはずだが、どうかしたのだろうか？

翼を折りたたみ着地すると、喋ることが得意な人格を表出させ語りだした。

「マルディオン皇国が落ちたのは呪術のせいだ」

「呪術の？」

またしても呪術だ。

思いがけない言葉に驚きつつも、話の続きを聞いていった。

「そうだ。かの国の天翼族からの連絡がきた。どうやら『翼音』を、悪用されてしまったらしい」

『翼音』の悪用。

嫌な予感しか感じさせない組み合わせだ。

「戦線を押され始めたマルディオン皇国の皇族達は、天翼族に『翼音』を使うよう迫ったそうだ。

『書き換え』を施されようとも、国が滅びるよりはいいと思ったんだろうな」

「それは……」

彼らの気持ちもわからなくはなかった。

マルディオン皇国の内部は長年の政治腐敗で疲弊し、国政の有力者にも、めぼしい人間は見当たらないと聞いていた。ただでさえ、いつ『翼音』が鳴ってもおかしくない状況だったのだ。

そこにきて、勢い著しいリングラード帝国との戦争だ。

命あっての物種、国があってこその皇族貴族である。

藁にもすがる思いで、『翼音』に救いを求めてしまったのかもしれない、

「かの国の天翼族の目から見ても、『翼音』を鳴らすに足る状況だったらしいが……。しかし、それこそが罠だったようだな。『翼音』が鳴り『書き換え』が行われると、その対象者達と蘇った初代国王の間にはある種の、精神的な結びつきができることになる。対象者達は自覚できないだろうが、私達天翼族と同じように心の奥底、魂と呼ばれる部分で、他人と繋がれるようになるのだ」

潜在意識を介した他者との繋がりとその利用。

前世ではオカルトの類だったけど、この世界では実在するらしい。

「なるほど……。だから『書き換え』の対象者達は皆一様に、王と国への奉仕が、優先順位の一番上にくることになるのですね」

洗脳……もとい、『書き換え』をするためには、まずはその相手と精神的な繋がりを得なければいけない、ということ。知ってみれば納得、筋は通っているように感じた。

「……ですがそれがなぜ、罠になるのですか？　『書き換え』により対象者たちの忠誠心が上がり統率がとれるようになれば、戦争も有利に進められるようになりますよね？」

たとえ捨て駒にされようと文句を言わず、国のため勝利のため尽くす無私の貴族達。残酷な話だが、戦力としてはとても有用だ。

一たびその国で『翼音』が鳴れば、先祖返りないしは初代国王の血を最も濃く継ぐ者が、神でもある初代国王の魂に乗っ取られ、名君として君臨することになるらしい。

蘇った名君に率いられし忠実な臣下の貴族達。そこへ、傾きかけとはいえ大陸一位の国力が加われば、そう簡単に負けるとは思えないのだけど……。

と、そこまで考えたところで、ヒヤリと冷たいものがよぎった。

かつて『書き換え』による統治システムに覚えた危うさ。ただ一人の意思の元に動く集団の脆さを、私は危惧していたはずだ。

「……『書き換え』られた皇族貴族たちが精神的に繋がっていることが、仇になってしまった？」

「正解だ。呪術は魂および精神に働きかける技術であり、通常その対象は一人だけだが、その一人が、『書き換え』により多くの人間と精神的に繋がっていたら、どうなってしまうと思う？」

「……全滅」

私の出した答えに、フェザリオ様が頷いている。

……まるでコンピューターウィルスのようだと思ってしまった。

繋がっているからこそ、その繋がりをたどるようにしてウィルスを送り込まれ、悪さを働かれてしまうということ。

呪術という毒が、『書き換え』の繋がりを介して大勢の人間に影響を与えてしまったようだ。

「『書き換え』の影響力の強い相手、すなわちマルディオン皇国の皇族の血が濃い人間ほど、呪術の被害も大きくなったようだ。直系皇族は昏倒し無力化。高位の貴族の人間もあらかた意識を失うか体調を崩し、使い物にならなかったと聞いている」

「そんな状態で戦端が開かれたら、指揮すべき人間がおらず、簡単にやられてしまいますよね」

それこそが、マルディオン皇国陥落の原因だ。

リングラード帝国内、おそらくは上層部に、呪術を扱える人間がいるに違いなかった。ただでさえ厄介な国なのに、頭が痛いことこの上ない。私も既に、巻き込まれてしまっているかもしれないからだ。

「……先日、この国で倒れたイレーゼ殿下も、その呪術の被害者ということでしょうか？」

「おそらくはそうだ。直系皇族だからな。物理的な距離があろうと、魂の繋がりを介した被害は免れない。今後数か月、下手したら永遠に、昏睡から目覚めることはないだろうな」

「……」

イレーゼ殿下、けして好きになれない人ではあったけど。

だからといって、ずっと植物状態になるほどの仕打ちはさすがに気の毒だ。イレーゼ殿下に同情しつつ、私はフェザリオ様を見上げた。

「……貴重なお話の数々で助かりますが、天翼族は政治的に誰にも肩入れしないと聞いています。今回はよろしいのですか？」

「こと『翼音』が悪用されたなら話は別だ。わが天翼族の役目、それ自体を揺るがしかねない一大事だからな。政治への不干渉を貫く以上、積極的に動き対応するのは、君達為政者に任せるしかないがね」

　フェザリオ様が眉間に皺を寄せて言った。

　浮世離れした天翼族だけど、彼らなりに譲れない一線はあるらしかった。

「私からは話は以上だ。戻すぞ」

　フェザリオ様の気配が一瞬にして変質。

　お喋り好きな人格から、本来の口下手な人格へと。

　切り替わったフェザリオ様は、頬をむにむにと指で引っ張っている。

「喋りすぎて明日、筋肉痛になりそうだ」

「筋金入りですね……」

　口数の少なさが極まっていた。

　同じ国で生まれた天翼族同士は意識の奥で通じ合っているため、言語によるコミュニケーション機会が人間同士よりずっと少なく、無口になりやすいらしかった。

　グレンリード陛下曰く、天翼族はみな潜在意識の繋がりのせいか、魂の放つ匂いが似通っているらしい。天翼族の在り方は人よりずっと、同族他者との境界線が曖昧なのかもしれなかった。

「たくさん喋っていただき、貴重な情報をありがとうございます。良かったらお礼に、軽く何か料理を食べていきますか？」

「食べる。この前一緒に食べた肉たっぷりサンドイッチが希望だ」

即答するフェザリオ様。

無表情ながら嬉しそうな雰囲気で、緊張していた心が少し和んだ気がする。

人間と似た姿をしながらも、大きく異なる精神構造を有する天翼族だったけど……。

美味しい料理を求め誰かと食事を楽しむ心は、人間と同じようだった。

◇◇◇

「ぴよっぴ！」

マルディオン皇国陥落の一報から数日後の多忙なその日。休憩と気分転換を兼ねて庭に出てベンチに腰掛け、シーツを洗う使用人達をぼんやりと眺めていると、ぴよちゃんがシーツに近づいていくのが見えた。

「ぴ？　ぴ？　ぴぴよぴよぴ？」

首を傾げながら、竿に干されたシーツを見るぴよちゃん。

爽やかな風が吹くたび、シーツが白くはためく。

一秒ごとに形を変えていくそのさまは、ぴよちゃんには生き物に見えているのかもしれない。

シーツの端を追いかけてはついばんだり、囀り話しかけたりと、楽しそうに遊んでいた。

無邪気な可愛らしい姿に頬を緩めていると、ぴよちゃんもこちらに気が付いたようだ。

「ぴぴっ！」

近づき抱き着き、もふもふの羽で私を、くるみ鳥の名前通りくるむぴよちゃん。

レモンイエローの毛がほわほわと、柔らかくほっぺをくすぐった。

「ふふ、そんなに慌てなくても逃げないわよ」

苦笑しつつも、ぴよちゃんのやりたいようにさせてやる。

今日も今日とて、庭師猫達の警戒モードは続行中。ぴよちゃんも寂しい思いをしている。

私くらいは思う存分甘えさせてあげようと、なされるがままにくるまれていた。

「ぴっ！　ぴっ！　ぴぴよぴっ！」

満足げに鳴くぴよちゃん。

くるみ鳥の主食は魔力であり一羽一羽、好きな魔力の種類が異なっていた。

なかでもぴよちゃんはかなりの偏食で、私の魔力以外にはあまり興味を示さなかった。

私の魔力、転生前の記憶が蘇ったせいか、希少な《空》属性を含むようになったりと色々おかしかったけれど、それでも……。ぴよちゃんが喜んでくれるなら本望。少しだけ救われる思いだ。

ぴよちゃんとの、心温まる触れ合いを楽しんでいた私だけど、

「あれは……？」

見上げる先、はるか遠くから、何かが飛んでくるのがわかった。

鳥にしては大きい。嫌な胸騒ぎがした。

「飛竜……」

徐々に近づき、宙を割きやってくるそれは。

リングラード帝国の皇帝の象徴にもなっている、天翔ける真紅の飛竜なのだった。

◇　◇　◇

離宮からも見えた飛竜の一団は王都のすぐ外、城壁の近くに降り立ったようだ。

足早にグレンリード陛下の元へ向かい、王妃として供に、飛竜の一団の元へ向かうことになる。

先ぶれもなくやってきた一団の中心には、燃えるような赤毛をたなびかせたリングラード帝国の皇帝その人、イシュナード陛下が佇んでいた。視線が合いつかの間、鋼にも似た鋭い灰銀色の瞳が、こちらを射貫くように見つめた気がした。

「先ぶれもなく訪れ何の用だ。突然王都の近くを飛竜で飛ばれては、徒に民を刺激するだけだ」

グレンリード陛下が誰何《すいか》の声を上げた。大国の皇帝を前にしても、一歩も引くこともない堂々とした姿だった。帝国兵を従えたイシュナード陛下もマントをなびかせ傲然と、グレンリード陛下を迎えうっている。

「騒がすが、許せ。用が済めばすぐに帰るつもりだからな」

「何が目的でこの地にやってきた？」

「罪人の引き渡しだ」

低くよく通る声で、どこか楽し気に告げるイシュナード陛下。軍靴を高らかに鳴らしながら私の前方へとやってくると、今度こそ間違えようもなく、狩人のようにじっと見つめてきた。

「レティーシア。おまえはマルディオン皇国の第四皇女、イレーゼを害した罪人だそうだな？　その罪、我が国にて存分に償ってもらおう」

「何だと……？」

グレンリード陛下の眉が険悪にひそめられる。

私は背中に冷たいものを感じつつも、イシュナード陛下の真意を探ろうと思考を巡らせた。

「長旅の疲れで、立ったまま眠り寝言を呟いているのか？　レティーシアはイレーゼを害してなどいない。そちらに引き渡す義理など欠片もないぞ」

「理由と正当性ならある。私はマルディオン皇国の国皇から譲位を受けているからな」

宣言と共に、イシュナード陛下が金の玉璽《ぎょくじ》を掲げた。

持ち手にマルディオン皇国の聖獣、狐の彫りが施されたそれは皇国の頂に立つ者の証だ。

「マルディオン国皇を兼ねることとなった私には、マルディオン皇国の皇族を貶めた者の処罰と引き渡しを求める権利を有している。そこのレティーシアは、イレーゼに毒を盛り昏倒させたと聞いているぞ？」

「誤解ですわ」

はっきりと私は言い切った。

臆することなく隙を見せることなく、長身のイシュナード陛下へと口を開く。

「不幸にも偶然、イレーゼ殿下が私の離宮で倒れられただけですわ」

「偶然？　イレーゼの侍女二人も、偶然同じ日にか？」

イシュナード陛下がせせら笑った。

イレーゼ殿下の侍女の二人はマルディオン皇国の貴族令嬢、即ち薄くだが、マルディオン皇国の皇族の血を引いている。

『翼音』を介した呪術の犠牲となり、彼女らも昏倒してしまったらしかった。

真実、私は何もしていないとはいえ、第三者から見て私が疑わしい状況なのは自覚している。

しかしだからといって、大人しく濡れ衣を被せられる気もない。

挑むようにただ静かに、真紅の髪をたなびかせるイシュナード陛下を見上げた。

「虚勢を張っても無駄だ。早々に諦めて、我が国に罪人として迎えられるがいい。それがこの国のためにもなるからな」

イシュナード陛下の手がこちらへと近づく。

咄嗟に後ずさりそうになる体を制御し姿勢を崩さず、伸びてくる手を払いのけた。

「……ほう」

私の反撃に驚いたのか、イシュナード陛下が僅かに目を眇《すが》め、吐息のような声を漏らした。

「つれないな。罪人扱いといえど、悪いようにはしないつもりだぞ？」

「犯してもいない罪で罪人呼ばわりされるのはごめんですわ」

冤罪であると繰り返し主張すると、イシュナード陛下がくっくと喉を鳴らして笑った。

「面白い。ならば精々、自らの潔白を証明してみろ、レティーシア。できなくばその時こそ、手折られて我が元に迎えられるがいい」

「望むところですわ」

「勇ましいな。一月の後、再び私がこの地に訪れた際に、おまえの返答を聞かせてもらおう」

イシュナード陛下はそう言い捨てると。

踵を返し飛竜へとまたがり、空の上の人となったのだった。

◇◇◇

「おまえを引き渡すなど、私は断固として反対だ」

苦汁を滲ませながらもはっきりと、グレンリード陛下が断言してくれた。

イシュナード陛下らが去ってすぐ私達は作戦会議を始めたが、雲行きは芳しくなかった。

私だって、罪人としてなんて扱われたくないが、今や力関係はリングラード帝国が完全に上になっている。無罪を主張できるだけの十分な証拠なしでは、戦う土俵にすら立てないのだった。

「毒……」

必死に考えを巡らせる。

おそらくだが、イレーゼ殿下があの日離宮にやってきたのは、自作自演の毒騒ぎを起こすためだ。じゃなければわざわざ、私の元へ謝罪には来ないはずだった。

イレーゼ殿下はおそらく、ほどほどの強さの毒を飲み、ちょっと倒れるつもりだったのだ。

しかし、真の黒幕はイレーゼ殿下が、あの日のあのタイミングで、呪術の影響で昏倒することを知っていたに違いない。

だからこそあの日私に、イレーゼ殿下のぬるい狂言服毒よりよほど強烈に、毒殺未遂の冤罪をなすりつけることができたのだ。

黒幕の一人は、イシュナード陛下に違いなかった。事情を知る黒幕だからこそ、イレーゼ殿下が昏睡してから一月も経っていないこのタイミングで、この地にやってくることができたのだ。

グレンリード陛下を初めとしたこの国の上層部の面々も、そのことには勘づいているはずだけど……。

だからといって私の無罪が証明されるわけでもなくて、このままではイシュナード陛下の要求を突き返すことは難しそうだ。

イレーゼ殿下昏倒の真の原因は呪術です、と言おうにも確たる証拠が手元になかったし、そもそも呪術の実在を証明し周りに知らしめなければならない以上、限られた時間では無理があった。

そうなると残された道は、イレーゼ殿下があの日飲んだ、あるいは飲もうとした毒を見つけるしかない。狂言服毒のつもりが量を間違えて昏倒してしまった、と主張するのが、現実的に一月後までに私の濡れ衣を晴らせそうな唯一の勝ち筋だった。

そこまではわかっているが、肝心の毒が見つからないではお話にならなかった。

あの日、イレーゼ殿下らは毒らしきものは何も持っていなかったし、自室からもそれらしいものも見つかっていない。

手詰まりの現状に、ただただ空気が重くなっていった。

「私は一旦王城へ戻る。おまえも根を詰めるのはほどほどにしておけ」

言い残すと、グレンリード陛下は王城に帰っていった。ただでさえ多忙だったのが、イシュナード陛下の訪れでダメ押しになったようだ。

激務に文句をいうこともなく働く陛下の足を引っ張りたくない。

どうにかして打開策を、と考えていると、膝に小さな手が乗った。

「いっちゃん……」

「にゃっ！」

考え込む私を、励ましてくれようとしたらしい。

優しい。かわいい。肉球尊すぎる。

小さなお手手をにぎにぎし、爪を出したりしまったりしていると、ふと思い浮かぶことがある。

「もしかして……」

「うにゃ？」

いっちゃんの肉球をつかみ、手をじっと見つめる。

柔らかな毛並みに包まれた指と、その先につく鋭い爪。

……毒の正体が、わかったかもしれなかった。

◇◇◇

「あら、レティーシア様、急にいらして、いかがなさったのですか？」

私を出迎えたフィリア様は、いつも通りの愛らしい笑みを浮かべていた。

南の離宮、その庭の色鮮やかな花々を背景に、一片の汚れも知らないような顔で笑っている。

「フィリア様が、イレーゼ殿下に毒を渡したのね」

ここに至っては腹の探り合いは無用。単刀直入に切り込んでいく。

普段はフィリア様の心象を損ねないためにも和やかな雑談から入っていたけど、今は上辺だけの会話をしても空しいだけだった。

「毒、だなんてそんな、物騒な。いったいどうされたのですか？」

「この離宮に、イレーゼ殿下に渡された毒があったのだと言っていますわ」

「毒？　私はここで、はちみつくらいしか作っていませんわ」

「そのはちみつが毒だったんです」

フィリア様の背後には、風に揺れて何種類もの花々が咲き誇っている。

笛蜜蜂は、特定の花だけから蜜を集めることが可能だ。

そしてフィリア様の離宮にはイレーゼ殿下が倒れる前、シャクナゲの花が植えられていたのを覚えていた。

シャクナゲは観賞用の美しい花だが、馬酔木《アセビ》など、神経毒を持つ植物の仲間でもあるのだ。

「シャクナゲの蜜から作られたはちみつは、多量に摂取すると昏睡を引き起こしますわ」

その毒性に、私もついさっき思いあたったところだ。

きっかけは庭師猫のいっちゃん……の爪である。かつて『庭師猫の畑・その2』の庭師猫達が、爪に昏睡を催す毒を塗っていたのを思い出したのだ。

庭師猫は植物に詳しい。彼らに聞いたところ、こちらの世界でもシャクナゲは、神経毒を持つことがわかった。周りの人達にも確認したところ、シャクナゲの毒性についてこの世界では知られておらず、庭師猫など限られた存在だけが、毒性を利用しているようだ。

シャクナゲの蜜を集めたはちみつ。

毒といってもごく弱いものだし、味もはちみつと変わらないはずだから、一口二口毒見をしただけでは、見逃されても仕方ない代物だ。

「イレーゼ殿下昏睡の一件だけではありません。思えば、初めてフィリア様とこの離宮で会った時にもイレーゼ殿下がいらっしゃいましたし、イレーゼ殿下が庭師猫との騒動を起こした日も、私はここを訪れていました。フィリア様は私がここで庭師猫らと別行動をしているのを知っていたからこそ、イレーゼ殿下にあの日あの時に騒動を起こさせたんですね？」

私が庭師猫と共に畑・その2にいては、イレーゼ殿下ら一味が庭師猫にイチャモンをつける隙がなくなるのだ。だからこそ、私が畑にはいないと確信できるあのタイミングで、イレーゼ殿下に想像を起こすよう情報を流したに違いない。

「イレーゼ殿下はきっと、フィリア様のことを都合よく情報や小道具を提供してくれる、便利な駒としか思っていなかったでしょうけど……。実際はその逆。フィリア様こそが、イレーゼ殿下を上手く動かし、利用していたのでしょう？」

フィリア様が本当に手を組んでいたのは、イレーゼ殿下ではなくイシュナード陛下だったのだ。イレーゼ殿下に協力をするふりをして行動を誘導し、呪術が行われたあの日、イレーゼ殿下を私の離宮へ送り込む。全ては私に、イレーゼ殿下毒殺未遂の濡れ衣を着せるためだ。私を排除しつつイシュナード陛下の後ろ盾を得、次期王妃にと名乗りでるつもりだったのだ。

「なぜ、フィリア様はそこまでしたのですか？　イシュナード陛下と手を組むなど、一歩間違えば破滅へと一直線。いつ切り捨てられるかわかったものではありませんわ」

フィリア様がこの国で権力を得たいだけであれば、もっと安全な立ち回りはいくらでもあるはず。なのにわざわざ危ない橋を渡ったのは、そうでもしなければ手が届かない、正妃の座が欲しいからだとしか思えなかった。

「なぜそんなにもフィリア様は、正妃の座を望んでいるのです？」

「……もう一度、あのお方にお会いするためよ」

フィリア様が可憐に、恋をする少女の顔で笑った。

「王城で再会した時、グレンリード陛下は私のことをご存知ない様子だったわ。忘れられたのかと思い悩み、そんなはずないと否定して、幼い私があの日お会いした、グレンリード陛下であるはずのあの方が誰かを必死に探って調べ回って……そして見つけてしまったの。レティーシア様はこの国の王家の秘密、先祖返りの真実をご存知かしら？」

「……幼いフィリア様が出会ったのは、シルヴェリオだったのですね」

どうやらフィリア様も、先祖返りの秘密にたどり着いていたらしい。フィリア様の実家の公爵家は長い歴史を持つ家柄だ。どこかにひっそりと、先祖返りについて記された書物が存在してもおかしくはないのかもしれなかった。

幼いフィリア様と会話を交わしたのは、グレンリード陛下の体を動かしていたシルヴェリオだ。幼い頃、グレンリード陛下は病弱だったらしい。寝込んでまともに記憶もない期間もあるようだが、そのうちのいくらかは、シルヴェリオに勝手に体を使われていたのかもしれない。

「私が出会ったあのお方、シルヴェリオ様が滅多にグレンリード陛下の表に出てこられないのは知っているわ。だから一生、正妃として隣にいることで、いつかまた出会えたらと思ったのよ」

そんな理由であそこまでのことを、と。軽々しく言うことはできなかった。

フィリア様の重ねてきた努力は本物だ。自力で先祖返りの秘密にたどり着いたのも、完璧な笑みと作法の令嬢としてお妃候補に選ばれるに至ったのも、フィリア様の努力と才覚の賜物だった。

今こうしてベラベラと白状するように喋っているのだって、自分が罪に問われないよう、しらを突き通せる自信があるからに違いない。

フィリア様がイレーゼ殿下に贈ったシャクナゲのはちみつは、適量であれば不眠改善効果をもたらす薬になる。慣れない異国で不眠症を患ったイレーゼ殿下のためにお贈りしただけ、と主張されては、フィリア様の非を追求するのは難しくなってしまう。庭師猫の騒動の一件も、確たる証拠は掴めていないのが現状だ。

最初からそこまで見通して立ち回っていたなら見事だし、そんなフィリア様だからこそ、味方に引き込めれば頼もしい相手だった。庭師猫を巻き込み、私に冤罪を被せようとしたのは許せないけど、今はイシュナード陛下に対抗するために、一枚でも多くの手札が必要だった。

「フィリア様、取引をしませんか？」

起死回生への一歩を踏み出すため、私はフィリア様へと、交渉を持ち掛けたのだった。

◇◇◇

「空を埋め尽くすような、すごい数の飛竜達ね……」

残された時間は瞬く間に過ぎゆき、イシュナード陛下への返答を告げる日がやってきた。

王都上空を舞う飛竜の一大軍団は、前回より遥かに大規模で威圧的だ。

先日の訪れは、あくまですぐに動ける先遣隊がやってきただけ。一たびリングラード帝国が本気になれば、これだけの軍を動かせるという示威行動だった。圧倒的な軍勢に気を引き締めながら、私はグレンリード陛下とイシュナード陛下と共に天幕の中に入った。

「では、おまえの返答を聞かせてもらおうか。わざわざ天幕の中での会談を指定するとは、よほど人には見られたくない、聞かせられないものがあるようだな？」

鋭くも魅惑的な笑みを浮かべ、イシュナード陛下が答えを促してきた。

天幕の中に据えられた椅子に腰かけた私は、ルシアンが差し出した書類の束を前へと出した。

「こちらが、イレーゼ殿下の昏倒の真相になります。フィリア様が贈られた不眠症対策のはちみつを、量を誤って大量に食べてしまったようです。詳しくはこちらをお読みください」

本当は、イレーゼ殿下は呪術で昏睡させられたのだけど。

呪術の存在を客観的に立証できないというなら、別のそれらしい筋書きを作ってやればいい。

特殊なはちみつの食べ過ぎによる昏倒。侍女達にもはちみつを振る舞っていたため、もろともに昏倒してしまった、という筋書きだ。

「……こう来たか」

ぱらぱらと書類をめくり終え、イシュナード陛下が口の端に笑みを刻んだ。

「興味深く読ませてもらったが……。これはあくまで、イレーゼがこのように動いていたかもしれない、と言う程度の推測にすぎないことをわかっているな？」

「そうかもしれません。ですが同様に、私が犯人である、というのも、そう考えることもできる、という程度の推測にすぎないでしょう？」

イシュナード陛下の言葉を拝借し、そっくりとそのまま返してやる。

強気な返答に、イシュナード陛下が獰猛に目を細めた。

「ずいぶんと言ってくれるな、レティーシア。おまえの主張は一見もっともだが、それは両者が対等である場合にのみ成立するものだ」

傲然と足を組み替え、こちらへと身を乗り出すイシュナード陛下。

「交渉とは、両者がある程度対等であって初めて、成立の余地のあるものになる。故に、これは交渉ではなくただの通達。イレーゼを昏睡させた罪を認め罪人としてその身を差し出すなら、おまえを連れこの場は引き下がってやってもいいという、私の慈悲にすぎないと知っておけ。罪を認めないというなら、イレーゼを害した不届き物を討つための、新たな戦が始まるだけだ」

傲慢な二択を、イシュナード陛下がこちらへと突き付けてきた。

「選べ、レティーシア。私は寛大だ。選択の機会は与えてやることにしている」

「お断りいたします」

返答は、二択ではなく三つ目の選択肢だ。

私は胸を張り、朗々と自論を語った。

「イシュナード陛下は、この国を見くびりすぎですわ。対等でなければ交渉のテーブルに着く資格がないというのなら、この国は十分に、資格を満たしていますもの」

「世迷い事だな」

イシュナード陛下がせせら笑った。

「いくつもの国を墜としなおも軍を進める余裕のある私と、魔物領の横で細々と続いているだけのこの国。対等であるなどと、そこらの子供でも思わないはずだ」

「イシュナード陛下の快進撃はお認め致します。ですが、その快進撃を支える立役者が、こちらにも存在しているとしたらどうでしょうか?」

背後で控えるルシアンへと目配せ。両手で持たせた物体に被せてある布を取り払った。

布の下から現れた物体に、イシュナードはわずかだが瞳を揺らした。

「ほぅ、それはまさか」

「帝国の快進撃を支える主役、圧倒的な新型紋章具兵器――――という触れ込みで戦場を荒らしまわった、新型の兵器ですわ」

取り払われた布の下、細く長い、金属と木材を組み合わせたその物体は。

こちらの世界では画期的な、でも私には、しっかりと見覚えがある兵器の形をしている。

「金属の弾を射出する遠距離兵器。名前はそうですね、雷のような音を立て火を噴く筒、雷火筒とでも名付けましょうか？」

雷火筒――――またの名を、前世では銃と呼ばれていた兵器だ。

前世の火縄銃によく似た、魔力など欠片も使用していない、純然たる科学の産物の一つだった。

「そうくるか……。だが肝心なのは中身だ。こけおどしの木偶《でく》の坊《ぼう》ではないのか？」

「きちんと発射機構まで再現しておりますわ」

にっこりとほほ笑み駄目押ししてやる。

――グレンリード陛下が手に入れた新型紋章具兵器の設計図。

新型の紋章具である、というのがそもそもの間違いだったのだ。

設計図にはそれらしく、魔石をはめる紋章具のような機構が書かれていたが、実は不必要なパーツだった。あれらは全てブラフだ。設計図が敵の手に渡った時、簡単には解析され再現されないように、と。新型の紋章具であると勘違いさせるために、本来は全く必要ない、紋章具のようなパーツをブラフとして書き加えていたのだ。

おかげで魔術局の局員達も騙され、見当違いな解析を進めてしまっていたが、正解は魔術など関係ない、火薬で弾を飛ばす遠距離武器なのである。

種がわかれば、あとはトライアンドエラーあるのみ。

魔術局には元々、高度な冶金技術とノウハウが蓄えられていた。

金属パーツについては私の『整錬』でズルなどしつつも、着々とくみ上げていったのだ。

「試しに構えてみましょうか？」

ルシアンの差し出してきた銃を、私はそっと手に取った。

金属が使われているだけあって重いが、女の私でも持ち上げられる程度だった。

「イシュナード陛下、いかがなさいます？　発射機構が備えられているかどうか、その身で確認いたしますか？」

銃の砲身の先を、すいとイシュナード陛下に向けてやった。

鼻先に銃身をつきつけながらも全く臆すことなく、イシュナード陛下は泰然としていた。

「肝心の火薬はどうした？　既存のものでは爆発力が弱く、まともに弾も飛ばせないぞ？」

「そちらもご心配なく。伝手がありまして、火薬をいただいていますわ」

提供者はフィリア様だ。

彼女がイレーゼ殿下と手を組んでいたと気が付いた時、フィリア様が銃を所持しているのでは、と思い至ったのだ。

イレーゼ殿下と庭師猫の騒動の時、庭師猫達は高速で石を投げつけられたと訴えていた。

最初は私も、なんらかの紋章具で石を投げつけられたのかと捜査を進めていたけど、途中で銃の設計図を目にしたことで、全てが繋がっていった。畑に残されていたのは石ではなく銃弾だ。私にとって銃弾というと、細長い形のイメージが強かったが、地球でも昔は一見石のようにも見える、丸い銃弾を使用していたと思い出したのだ。

リングラード帝国と手を組んでいたフィリア様は、銃の提供も受けていたらしい。リングラード帝国に簡単に裏切られないための保険として、最新兵器であり軍事機密の塊でもある銃を借り受けられるよう、強《したた》かに交渉し勝ち取ったようだった。

そうして手に入れた銃で庭師猫の畑を狙撃させ、庭師猫達を混乱に陥れたフィリア様。

正直許せなかったけれど、今は利用できるもの全て、使い倒していかなければ危うかった。

銃の本体自体は、魔術局の局員の働きもあり比較的早期に組みあがっていたが、火薬がネックになっていた。満足のいく火力が得られず行き詰っていたため、フィリア様の持つ銃から火薬を拝借し、ぱっちりと研究させてもらったのだ。

そんな火薬を手に入れるためのフィリア様との交渉には、新型の採蜜用紋章具も役に立った。

イシュナード陛下と手を切り、私に銃の火薬を提供するならそれでよし。

しかし、あくまでイシュナード陛下と組んだまま私を陥れようというなら、庭師猫への狙撃の件とイシュナード陛下との内通疑惑も全て公表すると脅しつけた。いくら物的証拠がないとはいえ、シャクナゲのはちみつの件なども合わせれば、この国でのフィリア様の心象は大いに悪化するはずだ。そこに追撃として、フィリア様の公爵家と競合する養蜂家に新型採蜜紋章具を提供すれば公爵家の影響力も更に弱まり、フィリア様の立場はどんどん悪くなっていく。じきにお妃候補として、王城内の離宮に住まうこともできなくなるはずだ。

幼い日に話したルヴェリオにもう一度会いたい、と願うフィリア様にとって、それはとうてい許容できなかったということ。

油断できない交渉の果て、どうにか私は、銃の火薬を手に入れたのだった。

いつでも撃つことができる銃を手に、私はイシュナード陛下との交渉を進めていった。

「リングラード帝国が他国を蹂躙し陥落せしめてきたのも、この雷火筒の活躍があってこそ。その威力、強さは、誰よりそちらの国の方々が、肌身で理解されているでしょう？」

こちらと敵対するのならば、今度は帝国に向かって銃が火を噴くことになるぞ、と。

イシュナード陛下を脅し告げていた。

今後、銃の存在がこの世界に与えていく影響を考えると少し暗い気持ちになってしまうけど、今はまずその前に、イシュナード陛下らを撤退させなければいけない。

銃を手にイシュナード陛下とにらみ合うと、ふっと小さく笑われてしまった。

「その雷火筒は確かに強力だ。だがこちらは、精強なる飛竜騎士団を従えている。雷火筒は未だ、空の敵を相手取るにはいささか非力だろう？」

「そうかもしれませんわね」

「ほぅ、認めるか」

「そちらに飛竜騎士団がいるように、この国の強みも雷火筒だけではないということですわ」

言うと私は、立ち上がり天幕の外へと向かった。

「ご覧ください。これがこの国の、守りの底力になります」

城壁に向けて合図をし、私は魔術の詠唱を始めた。

銃の真の強みはその量産性だ。単純な火力、破壊力といった点ではまだまだ魔術師の方に分があり、それになんていったって私は、チートな魔力の持ち主だった。

魔術を走らせ、巨大な風の腕を構築。

飛竜達の見上げる空へ、大きく長く透明な腕を伸ばしていく。

タイミングを見計らって――

「ぎゃうっ⁉」

驚き興奮し、飛竜達が鳴き交わした。

飛竜達の視線の先、上空には数えきれないほどの花弁が風に舞っている。

事前に集めた花弁を城壁から撒いてもらい、それを私の作った風の腕ですくいあげて、上空へと舞い散らしたのだった。

赤、青、黄、紫、桃色に純白。

色とりどりの花弁が空から降り注ぐ、幻のような光景だった。

「美しいな。……美しい、が」

イシュナード陛下が目を眇めた。

聡い皇帝陛下には、ばっちりと私の意図が伝わったらしい。

――たとえば花の代わりに石を、あるいは矢を。

魔術の風の腕で上空からまき散らしたとしたら。

飛竜騎士団であっても苦戦は免れないと、そうイシュナード陛下は理解したはずだ。

「これが、この力が、今の私達の国ですわ。どうぞ目に焼き付けてから、共に交渉の話をいたしましょうね？」

笑顔でそう告げた私を、イシュナード陛下はどこか眩し気に見ていたのだった。

◇◇◇

イシュナード陛下との交渉の結果、無事に私は、この国に残れることになった。

イレーゼ殿下の昏睡については不幸な事故、もしくは突然の病気という扱いで決着。私の代わりにこんこんと眠るイレーゼ殿下が、リングラード帝国へと連れていかれることになった。

昏睡状態とはいえイレーゼ殿下は紛れもない皇女だ。こちらとしては扱いに困っていたが、リングラード帝国からしたら利用価値があるようだった。イレーゼ殿下は少し気の毒だけど、最初に手を出してきたのは向こうなので、割り切って交渉材料に使わせてもらうことにした。

両国での取り決めをまとめ調印。

今回、リングラード帝国の飛竜騎士団が城壁の間近までやってきた件については、軍事演習の一環、ということにして手うちにすることになった。無許可で王都に迫るまで進軍してきた件を不問にして批判しない代わりに、今後五年はこちらの国に進軍および侵略行為を行わないよう、条約を取り付ける交換条件となったのだ。

幸いにして、飛竜騎士団で大部分が構成された帝国軍は、王都に至るまでにこちらの軍と大規模な接触はなく、人的な被害はごく軽微で済んでいる。おかげでどうにかこうにか、ひとまずは穏便な落としどころが見つかったのであった。

諸々の手続きを終えた私は、グレンリード陛下と二人、イシュナード陛下と向かい合っていた。周囲には厳重な人払いがなされ、天幕の中は静寂が支配している。

ここから先は国同士、王族同士での話し合いではない。

私が、そしておそらくは、イシュナード陛下も望んでいるであろう会話だった。

「……今回の一件で、リングラード帝国内に、呪術を扱う人間がいるのはわかっています」

一つ息を吸い込み、一気に核心へと切り込んでいく。

「その人間とはイシュナード陛下本人です。……違いますか？」

正面に座す、美しい皇帝陛下を見上げる。

燃え立つような赤毛に、刃を思わせる光を宿した鋭い瞳。

あふれ出る覇気を発しながらもどこか老成した、不思議な雰囲気の持ち主だった。

「なぜそう思った？」

「……私に、執着を見せていたからです」

自惚《うぬぼ》れではない。イシュナード陛下が私一人のため、ここまで足を運ぶ価値は本来ないはずだ。

最初は私を出汁《だし》にして、ヴォルフヴァルト王国に戦争をふっかけるつもりかと思っていたけど、やけにあっさりと引いた今、その可能性も低そうだった。

「イシュナード陛下は、飛ぶ鳥を落とす勢いのリングラード帝国の主君です。望まれることもやるべきことも山積みの中、わざわざこちらにやってきたということは……」

ごくりと生唾を呑み込む。

呪術とは、魂を扱う技術体系だという。

ならばもしイシュナード陛下が、呪術を扱えるのだとしたら。

「イシュナード陛下の前世は、この世界の人間ではないのではないですか？　私と同じ、異世界の人間が、どうにかしてこの世界へ渡り、生を受けたのではないですか？」

ほのかな期待感と郷愁。

懐かしい青い惑星を思い浮かべ、イシュナード陛下へと問いを重ねた。

「だからこそイシュナード陛下は、同じ異世界で生きた記憶を持つ私に執着した。違いますか？」

この推測が当たっていたとしたら。

イシュナード陛下が銃を、実用化レベルに持っていき量産できたのも納得だ。

この世界にはまだ存在しない、進んだ知識を持っているからだった。

「執着、か……」

イシュナード陛下がぽつりと呟いた。

「半分は正解だ。私はおまえに執着し、前世の事柄も覚えているが、異世界で生きた記憶は持っていない。元を辿れば私はこの世界に生まれた、どこにでもいる人間だったからな」

「どこにでもいる……」

一代で皇帝に成り上がり、大国を下し大陸一の強国へと成り上がる。

いくら前世の記憶があろうとも、凡人ではどうあがいても不可能な偉業だった。もし同じことをやれと言われたら、頭を抱える自信しかない。

「嘘ではない。どこにでもいる、少しだけ呪術の得意な青年。それが最初の私だった」

「……つまり、『大暗黒』より前の時代に生きていたの？」

シルヴェリオの言葉を思い出す。

呪術が当たり前のよう存在していたのは最低でも六百年、『大暗黒』より前の時代のはずだ。

「そうだ。ざっと今から六百五十年ほど昔。当時は一般的な技術だった呪術を学んでいた私には、恋い慕っていた女性がいた」

イシュナード陛下の瞳が遠く透明な、失われた光を見るように細められた。

「若かった私は、命に代えてもその女性を守ろうと一人誓っていた。滑稽だろう？　実際はその女性が病の床についても、無力で何もできなかったというのにな」

愚かな誰かを哀れむように、イシュナード陛下が唇を歪めた。

「私にできたのは、なけなしの呪術の知識を振り絞って、彼女の魂に手を伸ばすことだけだ。生まれ変わった彼女が私のことを覚えたままでいてくれるよう、記憶を持ったまま転生しても自我が壊れないよう、呪術をかけ成功したはずだったが……」

「成功したはずだった……」

ざわりと、胸の奥がかすかにざわめいた。

話の先を聞きたいのに知りたくない。そんな気持ちだった。

「自らの魂にも呪術を施し、記憶を保持した転生を繰り替えして彼女を待ち続けるつもりだった。しかし何度生まれ変わっても彼女には出会えず、私は自らの過ちを悟ることになる。私の呪術の副作用だ。彼女の魂はこの世界から弾き出され、異なる世界へと流れつき命を得てしまっていた」

異なる世界に流れ着いてしまった魂。

つまり、それは。

その魂とは。

「それこそがおまえだ。おまえの前世だ、レティーシア」

「私が……」

呆然と言葉を繰り返す。

……繰り返しても、当然、思い出すことなど何もなかった。

私はどこまで行っても私でしかない。

公爵令嬢である今の記憶と、日本で生きた記憶しか持っていないのだ。頭の中のどこを漁っても、それより前のことは思い出せそうにない。

疑い半分、納得半分の心持で、イシュナード陛下に話の続きを促した。

「私の呪術は不完全だった。おまえの魂が世界を渡った際に、かけられていた呪術が誤作動を起こしてしまったのもあるだろう。おまえが前世で命を落としたのを呪術で察知した直後、どうにか介入しこちらの世界に魂を引き寄せ、いずこかの母親の胎《はら》に宿るよう呪術をかけることまではできたはずだが、その様子では彼女の記憶はついぞ、元に戻らなかったようだな」

若々しい容姿で疲れ切ったように、イシュナード陛下は笑っていた。

「予想はしていた。だが、希望は持ち続けてしまっていた。だからこそ、彼女を見つけやすいよう、玉座を獲り国を大きくしていったのだ。二つ前の転生で得た鍛冶の知識を発展させ、雷火筒の開発に成功し更に領土が広がり国力がいや増し、そしてようやくおまえを見つけた時、私は期待してしまった」

「期待を？」

「そう、期待だ。記憶がないのは諦めよう。また積み上げていけばいいと割り切って、そして期待してしまっていたのだ」

「……期待をした結果が、あの仕打ちですか？」

冤罪を被せイレーゼ殿下昏睡の犯人に仕立て上げ、罪人として連れ去ろうとする。

期待した、と言う言葉で表すには、あまりにも酷い仕打ちだった。

恨みつらみを込め睨みつけるも、イシュナード陛下に堪えた様子はなさそうだ。

「そうだ。彼女は強いが弱い女性だった。あのような仕打ちをおこなえばきっと、最後には折れて私の元にきてくれるだろうと思っていたが……おまえは違ったようだな」

「……そうでしょうね」

私は図太いし、諦めが悪い方だと自覚があった。

私の前々世、イシュナード陛下の想い人がどんな人だったかはわからないけど、きっと私とは全くの別人。魂が同じことくらいしか、共通点がないのかもしれない。

「私の元へ落ちてくるのなら、記憶がなく容姿が異なっていても心の在り方は同じ。彼女と同じ人間であると思えたはずだったが……おまえは違ったようだ」

彼女はもうきっと、どこにもいないのだろうな、と。

吐息のように小さく、諦めと絶望を吐き捨てるイシュナード陛下。

哀れに思わなくもないけど、心の内のどこを探っても、イシュナード陛下への懐かしさや愛情は感じ取れなかった。私に濡れ衣を着せようとしてきたせいで、警戒心の方がよほど強かった。

「私の想定では、彼女は記憶と人格を保ったまま転生するはずだったのだが……。これも不完全な呪術の影響だろうな。どうやらおまえは、私の愛した彼女であった時の記憶ではなく、一つ前の人生、異世界で生きた前世の記憶と人格を携え、今生を過ごすことになったようだ」

「そういうことだったのね……。通常、人は前世の記憶を思い出すと、自我が崩壊してしまうと聞きました。でも、イシュナード陛下も私も、そんなことにはなってないですよね？　この先も問題ないと思っていいのですか？」

落ち込むイシュナード陛下には悪いが、私にも私の人生があった。

最も気になっていた点、これからのことについて確認せずにはいられない。

「……おそらくはな。だが、魂に影響を与えかねない、強い衝撃や感情の動きはできるだけ避けた方がいい。何がきっかけで異変が引き起こされるかは、私にも断言できないからな」

「強い衝撃……」

心当たりがありまくった。

私が前世の記憶の大部分を取り戻したのは、フリッツ殿下から婚約破棄を受け、噴水に突き落とされたのがきっかけだ。

やはり、心身どちらかの大きなショックを受けた状態に間違いないようだった。

今度また、何か強い衝撃を受けたらどうしよう？

黙り考え込んでいると、呟きが耳に入った。

「……そうして不安げにしていると、やはり少しだけ似て――」

「触るな」

「きゃっ⁉」

強く体を引き寄せられる。

気が付けばグレンリード陛下に、肩を抱き寄せられていた。

何かを掴み損ねたかのように手を伸ばすイシュナード陛下へ、グレンリード陛下が口を開いた。

「レティーシアは私の王妃だ。前世より以前からの繋がりがあろうが大国の主だろうが関係ない。

手を触れるな。レティーシアに触れてもいいのは私だけだ」

「グレンリード陛下……」

見上げた顔の凜々しさのせいか。

それとも、肩にかかる力の強さのせいなのか、つい。

私の鼓動は跳ねあがってしまったのだった。

◇◇◇

イシュナード陛下に別れを告げた私達は、馬車を王城へと走らせていた。

窓からのぞく、飛竜の編隊飛行をぼんやりと目で追った。

「次に会う時は敵同士かもしれない、か……」

イシュナード陛下は別れた後すぐに、飛竜にまたがり飛んでいってしまっていた。今はもうゴマ粒ほどの大きさにまで、遠く離れてしまっている。

「なんだかんだ真面目に、皇帝をやっているのね」

生まれ変わった私を探すために、皇帝となり国を大きくしたと言っていたけれど。

それだけではなく今回の生で得た仲間や地位のことも、きちんと大切にしているに違いない。

でなければいくら優秀であったとしても、人はついてこなかったはずだ。

イシュナード陛下には次に出会った時、敵同士であったら手加減しないと告げられている。

私は想い人と魂が同じだけの別人だと、そう納得してもらえたようだった。

「いつまで飛竜を見ている？」

グレンリード陛下が、どこか不機嫌そうに尋ねてきた。

「それになぜそれほど、私から離れた場所に座っているのだ？」

ちょうど馬車の座席の対角線上、できるかぎりグレンリード陛下から離れるようにして、席のすみっこに私は腰かけていた。

「特に深い意味はありませんわ」

「ならもう少し近くにきたらどうだ？　座り心地が悪そうに見えるぞ」

「お気になさらず」

グレンリード陛下には申し訳ないが、しばらく放置しておいて欲しかった。

つい先ほど、強い心身のショックは避けるようにと忠告されている。

さっき、肩を抱き寄せられた時だってかなりドキドキしたのだ。

安全第一、グレンリード陛下に近づく時は、こちらからゆっくりにしようと心に決めている。

……まぁ、いきすぎた心配な気もするけどね。

今までだって何度も、グレンリード陛下には驚かされ心ゆらされてきたし、他にもたくさん、この国に来て楽しい想いもびっくりしたこともあったのだ。

あれで大丈夫だったのだから、当面私の魂に問題はないのかもしれない。

少しだけ安心して馬車の壁に体を預けると、どっと疲労を感じた。

イレーゼ殿下の昏睡からずっと気を張り続けてきたせいか、一気に疲れが出てきた気がする。

「そういえば……」

あの日感じた奇妙な感覚。あれはやはり、呪術をかけられたせいだったのだろうか。

私の祖国、エルトリア王国はマルディオン皇国の隣国だ。今でこそ不仲だが、過去には両国の貴族、王族同士の婚姻も行われている。

その結果私にも。マルディオン皇国の皇族の血がごくごく薄くだが確かに流れているのだ。

あの時の呪術は『書き換え』による繋がりを悪用した、マルディオン皇国の皇族の血を引くものが対象だったらしいから、私に対しても極めて軽微だが影響を与え、妙な感覚を与えていったのかもしれない。

あの感覚、そう。

体の中を一瞬、風が駆け抜けていったような――

「え……」

ぐらり、と。

視界が大きく傾くのを感じた。

え、なんで、どうして？

少しあの感覚、思い出しただけだよ？

『呪術とは、魂に働きかける技術である』

『魂に影響を与えかねない、強い衝撃や感情の動きはできるだけ避けた方がいい』

え、これ、もしかして思い出しただけで、魂へのえいきょうにカウントされちゃってる？

「レティーシアっ⁉」

へいかのこえ、ききながら、わたしのたましいは、ゆらゆらとゆれにゆれて――

五章　この世ならざるその名前は

「レティーシアはまだ目覚めないのか？」

沈鬱《ちんうつ》な声が、寒々しい部屋に空しく響いた。

突如レティーシアが意識を失い、昏々と眠り始めてから五日目。

グレンリードは寝台を覗き込むと、痛ましげに眉をひそめた。

「また少し痩せたな」

食べることが大好きなレティーシアだからこそ、余計に痛々しかった。

表情はまるで眠っているように。しかしどれほど揺り動かそうと、瞳が開かれることは一度もなかった。呼吸や脈拍はあっても、意識は一向に戻ってきてくれない。

「レティーシア……」

絞り出すように、グレンリードは名前を呼んでいた。

すぐ近くにいながら、あの時、何もすることができなかったのだ。

意識を失うレティーシアの姿にただ慌て、怖れ、怯え。なんとか王城の一室にある寝台まで運び体を横たえたはいいが、事態はそこから、一歩も好転していないのだった。

「グレンリード陛下、そろそろお帰りください」

寝台の横、影のように立つルシアンが、乾いた声で帰還を促した。

顔は蝋《ろう》のように白く、秀麗な目元には濃く深い、泥のようなくまがへばりついていた。

「いつまでも寝台にしがみつき、王としての公務を疎かにされるなど、レティーシア様が望まれるわけがありません」

「っ……！」

勝手に指図するな。おまえにレティーシアの何がわかる。

そう叫びかけ、グレンリードは唇を強く噛みしめた。どれだけ叫ぼうと、レティーシアには聞こえず目を覚ますこともないのだと、冷えた絶望に絡めとられていった。

「目を覚まし、早く戻って来てくれ……」

情けなくも、声は震えてしまっていた。

祈るように呟いていると、

「おまえは……？」

部屋へと入ってきた予想外の相手に、グレンリードは驚いたのだった。

◇　◇　◇

「ここは、どこ……？」

見上げれば満天の星空。

足元にはぬるい水。寄せては返す波の連なりが、足の甲を優しくくすぐっていく。

頬に当たる風は穏やかで、頭上には零れ落ちそうな星々が輝いていた。

「夜の海……？」

それにしては色々とおかしかった。

深い藍色の空に星が瞬いているのに、砂浜は眩いほどに白く真昼のような色をしている。

足を持ち上げればざぱぁ、と。海水が煌めきながら跳ねていった。

どこまでも続く星空と渚の風景。

なぜここにいて、どうやってここにきたのか。

思い出せないままぼんやりと立っていると、背後から声をかけられた。

「へぇ、生きてる人間なんて、ずいぶんと珍しいお客さんだね」

「……あなたは？」

振り返ると青年がいた。黒い髪に蒼い瞳。優し気に整った顔立ちで、左耳には赤い組みひもで作ったような耳飾りが揺れていた。

青年は楽しそうに、渚をこちらへと近づいてくる。

「僕はここの住人、いや、居候《いそうろう》みたいなものかな？」

「居候……。ここはなに？　どこなの？」

「星の渚」

天頂を指さしながら、青年が歌うように言葉をこぼした。

見た目そのままの呼び名にからかわれたのかと思ったが、青年は穏やかに笑っている。

「星の渚、世界の狭間、宙の逆さ。呼び方はいろいろあるから、君の好きに呼ぶといいよ」

「世界の狭間……？」

狭間、つまりどこでもない場所ならば、私がいるべきところはどこにあるのだろう。

ぐるりと見回しても白い砂とぬるい海、銀の星が広がっているばかりだった。

「やっぱり迷子なのかな？　自分の名前は覚えているかい？」

「名前……？　……あ」

口に出して思い出した。

私には大切な、大切な名前があったはずだ。

「私はレティーシ、っ……‼」

歯を食いしばった。

記憶の奔流《ほんりゅう》、流れ込んでくる感情。

「あ、私……」

グレンリード陛下と乗っていた馬車の中で意識を失ってしまって……。

「もしかして私、あのまま死んでしまったの？」

「いや、生きてるよ。さっき言ったじゃないか」

混乱する私に、黒髪の青年が肩をすくめていた。

「おおかた君は、もともといた世界を見失って、迷子になってしまったんだろうね」

「迷子に……？　……えっと、その、自我が崩壊してしまったんじゃなくて？」

恐る恐る、思い出した最悪の可能性を確認してしまった。

「ここで自己を保っていられるんだ。君の自我は立派に強固だと思うよ」

青年の言葉に、私はほっと胸を撫でおろした。

よくわからないけど、死んだり廃人になったりはしていない……らしい。

一息つくと、あらためて周りを見回す。

私と青年の他には生き物の気配もない、穏やかで寂しい星明かりの渚だった。

「元いた場所に戻りたいの。どうすればいいのかしら？」

「君のいた世界を見つければいいんじゃないかな？」

「……世界を、見つける？」

「足元にほら、砂がたくさん散らばっているだろう？　どこかに君のいた世界があるかもだから、覗き込んで見てみるといい」

青年の言うことはよくわからなかったが、とりあえず砂を拾いじっと見てみる。

凝視していると白い砂粒の中で、数えきれないほどたくさんの馬が走っているのがわかった。

「なっ⁉」

「お、見えたかい？」

「ま、待って！　今のはなんなの⁉」

「世界だよ。一粒一粒が一つの世界になっている。その要領で他の砂粒も覗いて見てごらん」

青年の言葉に、私は恐る恐る砂粒を覗いていった。

どこまでも続く草原の世界。二足歩行する毛むくじゃらの生き物のいる洞窟。前世のビル街に似た風景、黄色一色の砂漠、大いなる野望と冒険の世界、狐と桃色の髪の幼女が寄り添う場面に、魔法使いの暴れる店、屍を狩る刀持つ猟犬、薬師の令嬢が走り回る姿に、蒼き竜の王が統べる国、邪竜の契約者、烏羽舞う怪盗の活劇、頭から花が生えた猫の暮らす世界……。

「……」

二百ほどの砂粒を見たところで、私は天を仰いでしまった。

キリがない。終わりが全く見えなかった。

砂粒を数えるのがバカらしくなるほどの、どこまでもどこまでも続いている砂浜。

困惑して立ち尽くしかない、絶望的な状況のようだった。

◇◇◇

「レティーシアを助けられるかもしれない、だと？」

藁にもすがる思いのグレンリードへと、レティーシアの兄、クロードが小さく頷いた。

前触れもなくやってきたクロードは眠る妹の姿に驚くでも嘆くでもなく、当たり前のような顔をして場に加わっていた。

「レティーシアの魂は肉体を離れこの世界の外に出て、迷子のようにさまよっている状態です。それを見つけて連れ帰ることができれば、無事に目を覚ましてくれるはずです」

よどみなく説明するクロード。

そのあまりの落ち着きっぷりに、グレンリードは疑問を覚えてしまった。

「なぜ断言できる？　おまえは何を知っているのだ？」

「この時のためにずっと前から備え、調べ回っていたからです」

「どういうことだ……？」

「こちらを」

クロードが、持っていた数冊の書物を机の上へと置いた。

素材は羊皮紙に木簡《もっかん》など、いずれも相当に年季が入っている。

「呪術について記された書物です。『大暗黒』より前のものを、大陸中からかき集めてきました」

「……本物か？」

手にとり表紙を開くも、使われている言語があまりに古すぎる。

専門家を呼ぶことから始める、そんな年代の代物だった。

「獣の形をした神と『書き換え』られた人々により、呪術の存在は執拗に抹消されてきました。でも、それでも、物好きな好事家《こうずか》の中には禁忌と化した呪術の知識が記された本を所有し、現在にまで残した人間もいるということです」

当然のごとく、『書き換え』についても口にするクロード。

淡々と語る姿に、その得体の知れなさに、グレンリードは問わずにはいられなかった。

「禁忌の知識を知り、蒐集《しゅうしゅう》する。おまえはいったいなんなのだ？」

「全てはレティのためですよ」

寝台で眠るレティーシアを、常緑樹の色の瞳でクロードは静かに見下ろしている。

「レティは子供の頃から、他の誰も知らない言葉や知識を口にすることが多々ありました。だから気になって、少し気合を入れて調べてみたら、転生と呪術にまでたどり着いたんですよ」

少し頑張って調べて、で到達できる範疇では全くないのだが、彼ならやりかねない、と思わせる何かが、クロードには備わっていた。

「古《いにしえ》の本を読み解き、残された痕跡を辿り、現在に現われた呪術師であるイシュナード陛下の動きを調べ、それでようやく呪術の仕組みを理解できました。レティの魂は、前世の記憶を思い出した時点で不安定になり、ちょっとしたきっかけで、いつ昏倒してもおかしくなかったのです。今昏睡しているのは、前世より前から縁のあるイシュナード陛下と出会い転生についての話をしたことと、『翼音』を悪用した呪術の余波で魂の揺らぎが更に増幅され限界を迎えたからです」

「……どういうことだ？」

クロードの言うことはそれらしく筋が通っている。

だがだからこそ、グレンリードは疑問が抑えられなかった。

「なぜそこまでわかっていて何もしなかった？　レティーシアをイシュナードから遠ざけるでも、危険性を知らせるでもなく放置し、黙って陰で動き回っていたのか？」

「その手の努力をしても無意味だからです」

「無意味だと？」

「魂は肉体と密接な関係があります。レティの肉体が成長するほどに魂も刺激を受け、どんどん前世の記憶を思い出しやすくなり……、一たび前世を明確に思い出せば魂が不安定になり、一、二年のうちに昏倒してしまいます。イシュナード陛下の呪術の効果で、周りに被害をまき散らしての自我の崩壊は免れるようでしたが、致命的に安定を欠いた魂が体から離れることは避けられないとわかっていました。だからこそ俺は、魂を呼び戻す方法を探しましたが……」

クロードが手袋をとり、そっと眠るレティーシアの頬へと触れていた。

失われゆく輪郭を少しでも覚えておこうとするように、声もなくじっと見つめている。

「……見つからなかったのか？」

「レティの魂の元まで行く方法は、危険を伴うものとはいえ見つけられましたが、こちら側に連れ帰ってくるにはそれだけでは足りず、レティの前世の名前、もしくは本名に近いあだ名が必要になります。不安定になったレティの魂は、前世の名前に引きずられるようにして転生前の世界に引き寄せられ、結果、この世界と転生前の世界の狭間に迷い込んでしまっているからです」

「前世の名前のせいでそんなことが……」

「呪術においては、名前が大きな意味を持っています。名前とは後付けの本質にして、魂を識別するためのラベルとなるもの。こちらの世界の誰かが、レティの魂の元へ向かい前世の名前を呼んでやることでこちらの世界との繋がりが強まり、無事に魂が戻ってこられるようですが……」

クロードの瞳に、暗い影が落ちかかった。

「レティ自身も、前世の名前については思い出せないでいたようでした。こちらの世界に転生する際に、向こうの世界に名前の記憶ごと置いてきてしまい、魂が引っ張られているようです」

「こちらの世界の誰も、レティーシア本人ですら知らない前世の名前を呼び、連れ戻す……」

そんなことは不可能だ。無茶苦茶だ、と。

そう叫びかけ、グレンリードは気が付いてしまった。とうにそんなこと、きっと痛いほどクロードは理解している。それでも諦めきれず、この場へとやってきたということだ。

「探して考えて足掻いて、でも全部駄目だったんです。この世界のだいたいのことはわかるのに、大切なレティを助けるための、ただ一つの名前が俺にはわからなかった……！」

クロードは声を震わせていた。

この世のことはだいたいわかる、とまで宣《のたま》う人間が、最愛の妹を助けるための知識だけは手に入れられなかった、その無力感と自責の念がどれほどのものか。

鎮痛に目を伏せたグレンリードの前で、クロードは懺悔《ざんげ》するようにうなだれこんでいた。

「…………」

寝室におりる沈黙に、ルシアンは唇を噛みしめた。

得体は知れないがやたらと頭が切れ、レティーシアのことを深く愛するクロードなら、この状況もなんとかしてくれるかもしれない。そんな儚くも身勝手な希望さえ打ち砕かれ、あとはもう、現実に打ちのめされることしかできなかった。

「……レティーシア様……」

敬愛する主にして、誰よりも大切な少女の名を呼ぶ。

眠り続けるレティーシアの衰弱は止まらず、刻一刻と逃れられない終わりへと近づいている。

代われるものなら代わりたい。自分の命と引き換えに助けられるなら迷わずそうする。

けれど現実は、ルシアンが無謀に命を投げ出すことすら許さず、淡々とレティーシアを死へといざなっていく。

「申し訳、ありませんっ……！」

ただただ、謝ることしかできなかった。

謝罪も言葉も、何もかもがもう届かないのだとしても、ただ謝ることしかできなかった。

「…………」

ルシアンとクロードの二人にかける言葉も見当たらず、グレンリードは黙り込んだ。

無言で瞼を固く閉じ、拳を握り現実を噛みしめ、そして顔を上げて。

「私が、レティーシアを呼び戻しに行ってくる」

二人へ、そして自らに宣言するように声を発した。

「許可できません」

間髪容れず、王であるグレンリードに一切おもねることもなく、クロードが答えを返した。

「レティの魂は今、世界の外を漂っています。この世界とは異なる法則が支配する、足を踏み入れるだけでも危険な、確たる勝算もなく踏み入ってはいけない魔境です」

「それがどうしたというのだ？」

「グレンリード陛下まで帰ってこられなくなったらどうするんですか？　レティはそんなこと、

絶対に望みませんよ」

「私が望んでいる」

グレンリードは言い切った。

傲慢に、身勝手に、切実に。想いの全てを込め、クロードへと叩きつけていく。

「レティーシアが望まない？　そんなの百も承知だ。優しいあいつは自分のせいで私が傷つくことは望まない。決して許さないだろうが――」

これは醜い欲望だ。

救いがたい愚かさだ。

叫ばずにはいられない激情だ。

「そんなの知ったことか!!　私はレティーシアが欲しい!!　何が何でも、連れ戻さずにはいられないだけだ!!」

もう一度レティーシアに会いたい。声を聴きたい。笑顔を見つめたい。ずっと一緒に、毎日二人で料理を食べて美味しいと言っていたい。

とめどなく溢れる想いと愛しさに、叫ばずにはいられなかった。

(私は、レティーシアに恋をしている)

グレンリードは深く思い知らされていた。

自分の想いはどろりと熱く醜くて、クロードのものとは異なっている。

クロードがレティーシアを、慈しみ深く愛しているように。

グレンリードはレティーシアを強く愛すると同時、愚かなまでに一途に恋をしていた。

クロードが妹の望みを尊重し諦めたとしても、グレンリードは絶対に諦められなかった。

「吐け。教えろ。おまえはレティーシアを呼び戻しに行くための呪術を知っているはずだ」

うなだれるクロードへと距離を詰め肩を掴む。

「おまえだって本当は、レティーシアを助けに行きたくてたまらないだろう⁉」

「────っ！　そんなの、当たり前だっ！」

クロードがグレンリードの襟元を掴み返してきた。

「けれどできない！　できないんだよ‼　呪術は都合のいい奇跡じゃない！　想いさえあればなんとかなる優しく曖昧なものじゃなく、無理なことは無理な技術でしかないんだ‼　奇跡は起こらない！　どれだけ俺がレティを大切に思っていようが、そんなの無意味なんだよ‼」

「だから、試すことすらせず諦めるのか⁉」

なじり挑発するグレンリードに、クロードが叫びを叩きつける。

「あぁそうだよ！　そうするしかないだろう⁉　レティの前世の名を見つけられなかったんだ‼　ありもしない希望にすがって犠牲を増やすなんて、それこそレティに顔向けできな────」

「嘘をつけ‼」

「ぐっ！」

逃げられないよう、誤魔化されないように。

クロードを壁に叩きつけ詰め寄った。

「ならばなぜ、おまえはこの場に来て、呪術についてペラペラと語りだした？　本心からおまえが諦めていたなら、そんなことするわけないだろうが‼」

「っ……！」

グレンリードの言葉は、クロードの核心をついていたようだ。

「おまえはまだ、諦めることができていないはずだ。ならば私に託せ。私に教えろ。どうすればレティーシアを呼び戻しに行くことができるかっ！　私に教えろと言っているっ‼」

レティーシアへの想いと激情の全てを乗せ、吠え立てるように絶叫する。

「っ…………」

「…………」

無言でにらみ合っていた二人だったが、

「にゃあ！」

足元から響いた、場に似つかわしくない愛らしい鳴き声に、同時に視線を下へ落とした。

「レティーシアの庭師猫か……」

サバトラ模様の庭師猫、いっちゃんが人間達を見上げていた。

「なぜ、苺を差し出している……？」

いっちゃんの右手にはつやつやと食べごろの、真っ赤な苺がのせられていた。

まさか、人間同士の言い争いを仲裁しようとしているのだろうか？

グレンリードが疑問に思っていると、ルシアンが口を開いた。

「レティーシア様を呼び戻しに行くなら、この苺も持って行ってくれ。きっと力になるはずだ……といったところでしょうか？」

「にゃにゃっ！」

ご明察ですにゃ、とばかりにいっちゃんが頷いている。

グレンリードの服の裾をひっぱり、苺を差し出していた。

「あぁ、わかったとも。この苺を携えて、レティーシアを呼び戻しに行ってこよう」

苺をつまみ、丁寧に布でくるみ懐にしまうと、グレンリードはクロードを見た。

「さぁ、いい加減おまえも私に呪術を教えろ。おまえと庭師猫達の分まで、レティーシアに手を伸ばしに行ってやるんだ。幸い私は先祖返りで、魂も特別製らしいからな。この世の理から外れた場所に赴こうとも、おまえよりは長く耐え、レティーシアを取り戻せる可能性が高いに違いない。……だからさっさと私に賭けて、レティの帰還をここで待っていろ」

「……お願いします。レティのこと、頼みましたよ」

言うとクロードは根負けしたように、希望にすがるように、大きく息を吐きだしたのだった。

◇◇◇

「んんん？」

視界の端にちらついた光に、私は声を上げ視線を向けた。

一度は絶望しかけるも諦めきれず、四つん這いになり一粒一粒順番に、砂の形をした世界を観察していたところだ。

振り返るとかすかにだが、砂浜が光を放っていた。慌てて走り寄り跪き、チカチカと光る砂粒を拾い上げる。ゴマ粒よりも小さい砂を見つめると、途切れ途切れにかすれた声が聞こえてきた。

『――――レティーシアっ‼』

「グレンリード陛下っ⁉」

叫ぶと、瞬間。

ぐわりと視界がひっくり返るような感覚と共に、グレンリード陛下の姿が現れた。

「陛下、どうやってここへっ⁉」

グレンリード陛下の姿はところどころがノイズがかかったようで、輪郭が時折歪んでいた。

『おまえを呼び戻しにきたっ！　こい‼　私の手を取れ‼』

「陛下っ……！」

反射的に手を伸ばした。

しかし遠い、届かない。どれほど手を伸ばしてもグレンリード陛下には触れることができず、前に出ようとするとがくん、と。背後へと引き戻されてしまった。

『レティーシ、っ……くっ！』

グレンリード陛下が苦しげに呻いた。

輪郭の揺らぎが酷くなっていき、よくないことだと直感してしまった。

「…………っ！」

手を掴みたい。

でも届かなくて、陛下は苦しそうにしていて。

「もう……」

私にかまわず、諦めて帰ってください。

そう言おうとした瞬間、グレンリード陛下が懐へと手を差し入れた。

『これを見ろっ！』

苺だ。

グレンリード陛下が必死に、苺と共に手をこちらへと伸ばしていた。

『庭師猫も！　ルシアンもクロードももちろん私も‼　帰ってこいとおまえに願っている！』

「っ……！」

帰りたい。

戻りたい。

思いが胸で弾けて、涙が溢れそうになる。

『苺だ！　帰ってきて私と、毎日一緒に苺を食べてくれっ‼』

グレンリード陛下が叫んだ。

その叫びが愛しくて、私は前へと手を伸ばして。

「えっ⁉」

動く。体が前へと進んだ。

後ろから引っ張られるような力が消え失せ、前へ進めるようになっていた。

「っ……！」

チャンスを逃すまいと、必死に前へと手を伸ばす。

グレンリード陛下もめいっぱい、こちらへと手を伸ばして。

爪先が触れあい、光が視界を満たして。


——私は全てを思い出し、愛しい人達の待つ砂粒へと吸い込まれていったのだった。

◇　◇　◇

「レティーシアっ！」

目を覚ました私を待っていたのは、グレンリード陛下からのきつい抱擁だった。

ぎゅうと抱きしめられ、力強い腕に体が包まれる。

グレンリード陛下は私の肩に顔を埋めるようにして、小さく言葉を漏らしていた。

「よかった……！　もう二度と、こうして抱きしめることもできないかとっ……！」

「陛下……」

すがりつくようにしてくるグレンリード陛下の背中へ、私も手を伸ばした。

「陛下、ありがとうございます。陛下のおかげで、私は戻ってくることができました……！」

心よりの感謝と愛と、そして大切な想いを込めて。

私はグレンリード陛下を抱きしめていた。

とくとく、どきどき、と。隙間なく密着し、互いの心音を重ねていると、

「にゃうにゃうにゃっ！」

「わわっ⁉」

そろそろこちらの番ですにゃ、とばかりに。

グレンリード陛下との間に強引に体を割り込ませて、いっちゃんが体をすり寄せてきた。

「……ただいま、いっちゃん」

「にゃにゃっ！」

いっちゃんと二人、掌と肉球でハイタッチしていると、グレンリード陛下が大きく息を吐き出していた。

「本当に、こうして、この世界へ戻ってきてくれたのだな……。奇跡、などは信じていなかったが、案外馬鹿にできないかもしれないな」

「奇跡……？」

「おまえを連れ戻すには、前世でのおまえの名前かあだ名が必要だったのだが……。残念ながら、私にはわからなかったのだ。なのにこうして、おまえが戻ってきてくれたということは、苺を持って行って正解だったかもしれないな。おまえの食への思いは世界の道理さえ飛び越え、奇跡を

手繰り寄せたのかもしれないぞ？」

「……いえ、違います」

私は言いつつ、横目でちらりと、寝台の横に立つルシアンとクロードお兄様を見た。

「灯台下暗し、か……」

察しのいいクロードお兄様は早くも勘づいたようで、表情を隠すように掌で顔を覆っている。

「私がこうして帰ってこられたのは、グレンリード陛下が名前を呼んでくれたからです」

「……どういうことだ？」

怪訝そうにするグレンリード陛下へと、奇跡の種を明かすことにした。

「『いちご』それが私の、前世でのあだ名でした。前世の『わたし』は『いちこ』という名前でして、響きが似ている、『いちご』というあだ名で呼ばれていたんです」

砂粒から発せられた光の中で、私は前世の名前に関する全ての記憶を取り戻していた。

前世の『わたし』の本名は、山瀬市子《やませいちこ》。名前をもじった、『いちご』というあだ名でよく呼ばれていたのだ。

そして苺を好きになったきっかけを、今まで思い出せないでいたのも納得だった。

初めは幼稚園の頃、自分の名前に似ていて親近感を持ったから。そこから味の虜になり食べまくって、男子には『ともぐいしてる』なんてからかわれたりしていた。

名前に関することを忘れていたせいで、苺好きになったきっかけも思い出せないでいたようだ。

「一つ思い出すと、芋づる式に他の記憶も蘇ってきたものね……」

『いちこ』と言う名前を思い出したのと連鎖して、私はジローの名前の由来も思い出していた。

『わたし』は山瀬家の初めての子供だから『いち』子。単純明快な由来は父親によるものだ。

そして私の下に、母親が名付けた弟の翔《かける》を挟んで、二人目の男の子だから柴犬の愛犬の名前は『次郎』、つまり『ジロー』と、こちらも父親により命名されたのだった。

「……なるほど、そういうことだったのだな」

私の前世の名前について説明すると、グレンリード陛下がしみじみと頷いていた。

「ならば、やはり、おまえへの食への想いこそが、おまえをこの世界に連れ戻してくれた奇跡の種であることは間違いないな。この国では食べられていなかった苺を育て、呼びにくい長い名前で知られていたところに苺という名前を与えたからこそ、巡り巡って、こうしておまえをここへと連れ戻してくれたということだ。おまえの食への想いに、今ほど感謝したことはないぞ？」

「ふふ、ありがとうございます。……でもきっと、それだけじゃないとも思います」

私はいっちゃんを撫でながら、はにかみながらもグレンリード陛下を見上げた。

「グレンリード陛下が危険を冒してまで私を呼びに来てくれて、いっちゃんが苺を託してくれて、ルシアンとクロードお兄様も見守ってくれていて……。ありがとうございます。みんなのおかげで、だからこそ、私はこうして、ここへ戻ってこられたのだと思います」

少し照れくささを感じながらも、私は。

こうしてここにあれる奇跡を。

その奇跡をもたらしてくれたグレンリード陛下達みんなへと、感謝の言葉を伝えたのだった。

六章　華燭の典をあなたと

「――ちょっと汗ばむくらいになってきたわね」

ここ数日で勢いを強めた日差しに、私は目を細めた。

無事私がこの世界に帰還し、イシュナード陛下とのあれこれの後始末も終わり、ようやく少し余裕ができてきた頃。

ここのとこ数か月の厄介ごとはほとんど解決していたけど、一つだけまだ気がかりがあった。

「庭師猫達、今日も元気に、謎の植物の警備をしているのかしら？」

がたごとと馬車でゆられ、『庭師猫の畑・その2』へと向かった。

謎の植物は蕾を付けてからが長く、いまだ庭師猫達はピリピリモードを継続中だ。

イレーゼ殿下との一件があった直後よりは多少警戒心が緩んできたとはいえ、以前のように気安く触れ合うことはできず、少し寂しい想いをしていた。

「ぴぴよぴ……」

馬車に同乗したぴよちゃんも同じ想いのようで、どことなくしょんぼりとしている。

ぴよちゃんを慰めていると馬車の速度が緩まり、『畑・その2』へと到着したようだった。

「にゃにゃっ！」

馬車から降りた私めがけて、庭師猫のコムギが走り寄ってくる。

「あら、何かしら?」

ぐいぐいとドレスの裾を引っ張るコムギに少し驚く。ここのところのピリピリモードでは、考えられなかった行動だったからだ。

コムギについて歩いていくと、例の謎の植物のまわりに、庭師猫達が集まっていた。

みんなソワソワうきうきと、緊張感と高揚を全身から発している。

謎の植物をよく見ると、人の頭の大きさほどのチューリップに似た蕾の頂点が、かすかにほころび始めているのがわかった。

謎の植物の開花を、庭師猫達はいまかいまかと待ちわびているらしい。私も彼らに倣って、ぴよちゃんとルシアン、そしていっちゃんと一緒に、謎の植物を見守ることにした。

「ぐうっ?」

背後からの鳴き声。

ぐー様がやってくると、『なにごとだ?』と言うように私を見て、隣に腰を下ろした。

「ぐぐぅ……」

ゆっくりやさしく、ぐー様の背中を撫でていく。

今日もぐー様の毛並みは絶好調。撫でているだけで幸せになれそうだ。

もふもふを堪能しながら待ち、十分ほどが経った頃。

庭師猫達の動きがぴたりと止まり、視線の先で徐々に、蕾が花開いていった。

ゆっくりゆっくりと、開ききったその花弁の中から、

「み〜〜〜！」

小さな三角の耳が、ぴょこんと花弁の端から飛び出す。

ふわふわの毛並みが揺れ、高く愛らしい鳴き声が響いてきた。

「子猫……？」

呆然と、私は呟いていた。

か、かわいい……！

あまりにもかわいすぎる……！

一つの花の中につき一つ、子猫がちょこんと座っている……！

「にー！」

「みみー！」

「にゃうににゃー」

盛んに鳴き始める子猫へと、庭師猫達が嬉しそうに駆け寄っていく。

子猫をぺろぺろと舐めて毛づくろいしてやり、幸せそうにじっと見つめていた。

「……あの蕾は庭師猫の卵、あるいは揺りかごみたいなものだったのね」

さすが幻獣。びっくりな子育てのやり方だった。

ここのところ庭師猫達の警戒心が高まっていたのは、万が一にも子供に何かされないよう、気を張っていたかららしい。

「にー！」

仔庭師猫の一匹が、足元へと走り寄ってきた。

抱き上げるとふわふわのふにふに。

あどけない瞳に私を映して、こてりと首を傾げ鳴いている。

幸せを形にしたような姿に頰を緩めていると、くいとドレスの裾が引っ張られた。

「ぐぅ……」

仔庭師猫はかわいいが、私の毛並みも魅力的だぞ、というように鳴くぐー様。

「ふふ、もちろんです。ぐー様も庭師猫も、どっちも大大大好きですよ！」

私はそう言うと、幸せいっぱいでぐー様を撫でていったのだった。

◇　◇　◇

仔庭師猫の誕生を目にし、幸せな毎日を嚙みしめる中で。

その日私の人生も、大きな節目を迎えることになった。

「楽しみだけど、ちょっと緊張してきたわね」

豪華な白のドレス――ウエディングドレスをまとい、私は小さく呟いた。

今日、私は正式にグレンリード陛下の正妃となるための、結婚式を行うことになったのだ。

私の転生にまつわる不安で流れかけた提案を、ありがたく受け入れこの日に至っていた。

グレンリード陛下とこの国で歩んでいく未来を、私は覚悟と喜びと共に選択している。

結婚式の準備もほぼ整い、あとは式の始まりを待つばかりだが、さすがに少し緊張してくる。

「レティ、いいかい？」

体と心をほぐすような絶妙なタイミングで、クロードお兄様の声が響いた。入室を許可すると、珍しく正装に身を包んだクロードお兄様が入ってくる。

クロードお兄様と会うのは、私がこの世界に戻ってきた日に少し話して以来だった。私は結婚式の準備を含め多忙だったし、クロードお兄様もお兄様で、なにやら忙しくしていたようだ。

ずっと気がかりだったことをこの機会に、私はクロードお兄様に尋ねておくことにした。

「聞いたわ。クロードお兄様が動いていたのは、私を助けるためだったって。婚約破棄も、そのための一環だったのよね？」

「あぁ、そうだよ」

クロードお兄様はあっさりと、こちらが拍子抜けするほどすんなりと認め頷いている。

「フリッツ殿下の婚約者のままだったら、遅かれ早かれイシュナード陛下に見つかり囚われ、どうにもならなくなっていたろうからね」

「そうだったのね……。ありがとう、大好きよクロードお兄様」

心からの感謝を、言葉に込め伝えたかった。

クロードお兄様は軽く言っているけど、私のためにいったいどれほど危ない橋を渡り駆け回っていたのか。想像した私はただ、クロードお兄様の深い愛情を感じることしかできないでいる。

……クロードお兄様はなぜ、こんなにも私をかわいがってくれているのだろうか？

一人しかいない妹だから、という理由だけで、ここまで愛情を注いでくれるものだろうか？

私の疑問を読み取ったのか、クロードお兄様がへらりと笑みに顔を崩した。

「昔レティが言ってくれたからだよ。『周りから何を言われようが、クロードお兄様はお兄様の好きなことをやればいい』って、そう言ってくれただろう？」

「……それは、そんなことも言ったような……？」

記憶をひっくり返すも、確たる場面は思い出せなかった。頭をひねっていると、クロードお兄様が小さく笑った。

「思い出せなくて当然だよ。レティからすればなんら特別でもない、当然のことを言っただけってことだからね。当たり前にそう言ってくれるレティだからこそ、俺も幸せになって欲しいって思ったんだ。どうか、グレンリード陛下と幸せになってくれ。それが俺の、一番の望みだからね」

「お兄様……」

「さて、俺はそろそろ退散するよ。今日の主役の片割れがお待ちかねだからね」

結婚式でよいお酒を飲めそうで楽しみだよ、と。

ふざけながら去っていくクロードお兄様の背中には、私の気のせいではなければほんの少しだけ、寂しさが滲んでいたのだった。

◇　◇　◇

「レティーシア殿下！　結婚おめでとうございます！」

一歩会場に入ると拍手と共に、花びらのシャワーが振りかけられた。

一際大きな祝福の声を上げたのは。ケイト様とナタリー様だ。美しく着飾ったドレス姿で、こちらへと手を振ってくれている。

豪華な招待客らに祝福されながら、私はグレンリード陛下の元へと歩んでいった。

床にはステンドグラス越しの光が降り注ぎ、壁や机には大輪の薔薇の花が丁寧に飾りつけられている。私の生家であるグラムウェル公爵家を象徴する白薔薇と、この国の王家の誇る薄紅の薔薇。庭師猫達が育ててくれた二色の薔薇は美しく華やかに、祝いの場を飾り立てていた。

白の布がかけられた机には薔薇だけでなく、私も手配に参加した料理の数々が並べられている。

純白のケーキにマカロンなど、白を基調にしたデザートのお菓子たち。

メインとなる皿にはケイト様の領地の名物の塩を使った肉料理、ナタリー様の領地にある港から卸された調味料をあしらった料理に、イ・リエナ様の領地の名物の果物、フィリア様の領地のはちみつを使ったお菓子などなど。東西南北、4つの領地が手を取り合って進む未来を指し示すように、様々な料理が並べられていた。

いずれも力作の料理を横目に進む先には、正装に身を包んだグレンリード陛下が佇んでいる。

「…………」

陛下、いつもにも増してかっこよすぎる。

深い青に金の刺繍が陛下の凛々しさを引き立て、目が引き離せなくなってしまった。

「……美しいな」

ぽつりと、グレンリード陛下の口から呟きが零れ落ちた。

それだけで私の鼓動は跳ねあがり、ドレスの裾を踏んでしまいそうになる。

よろめきかけた私を、さりげなくグレンリード陛下が抱き寄せてくれた。

力強くも紳士的な姿に会場から感嘆のため息が上がり、私の鼓動を更に早めていった。

「………………」

「………………」

どちらともなく二人、無言で向かい合って。

「……愛しているぞ、レティーシア」

「私もです、陛下」

ヴェールが持ち上げられ、青みがかった碧の瞳と見つめあい、小さく頷きあって。

呼吸を重ね、想いを重ね、顔を近づけていって。

唇に触れる熱に、とめどなく溢れる愛おしさを感じながら。

◇　◇　◇

——この日、お飾りの王妃だった私は、晴れてグレンリード陛下の正妃になったのだった。

番外編① 童話の終わりと歴史の主役と

レティーシアの結婚式当日、式の始まる直前。

花嫁となる妹に祝福の言葉を贈り部屋を出たクロードは、晴れやかな寂しさを噛みしめていた。

（レティは小さい頃から、いつもかわいかったからなぁ）

妹の愛らしさを思い出し無言で頷く。肩にのってきた庭師猫のみーちゃんが、呆れた目を向けてくるのは慣れている。今日も昔もレティーシアはとてもかわいいから何も問題ない。

五歳年下のレティーシアは幼い頃からクロードを慕い、紫の瞳を輝かせ懐いてくれていた。

今でもはっきりと覚えている、何冊も絵本を読んでやった雨の日や、屋敷の中で探検ごっこをした日の思い出。二人ともマイペーズな気性だったためか気が合い、よく行動を共にしていた。

だからこそレティーシアの特殊性、時折漏れ出す前世の知識について目に留めた最初の人間も、当然の如くクロードとなったのだった。

（初めはちょっと驚いたけど、前世があってこそのレティだからね）

前世の知識も経験も、全てひっくるめてクロードの妹であるレティーシアだ。愛する彼女を形作る一因である前世について興味と感謝を持ちこそすれ、気味が悪いと思ったことは一度もない。

（そして幸運にも、グレンリード陛下も同じ考えのようだ）

レティーシアは前世の記憶の大部分を取り戻して以来、それを他人に隠そうとしていた。

拒絶されるのでは、と恐れていたようだが、グレンリード相手にはいらない心配だったのだ。

故にこそクロードは憂いなく穏やかな気持ちで、妹の結婚式に参列できていた。

(こんなに安らかな心境は、もう何年ぶりだろうな)

クロードは持ち前の頭脳と旺盛な好奇心で、若くして多くのことを知ってしまっていた。

十歳の頃、蔵書室の書物を読みつくしまだ見ぬ書物を求めた結果、数代前の公爵家の当主の隠し手記を発見し、秘密裏に記されていた『翼音』と『書き換え』について知ってしまって。

あそこで確実に、クロードの心は国や王族といったものから決定的に離れてしまったのだ。

クロードは一見大人しく見えるが、兄らと同じかそれ以上に我は強く、気に食わない相手に従うことは嫌いだ。『書き換え』に対する反発心で、忠誠心の備えも底をついてしまったのだった。

(あの頃は俺なりに思い悩んで、レティと蜜蜂を見てる時に心配させたりしてしまったな)

十代前半から半ばにかけて、不真面目なクロードなりにどう生きるべきか悩んでいたのだ。

貴族として国に身を捧げ誇り高く生きる父や長兄を尊敬していたが、自分がそうなりたいとも、そうなろうと思うこともついぞできず。そのくせやたらと頭の出来は良かったため期待され、父や兄からの励ましや小言も、クロードのこと思ってこそと理解できてしまったため心苦しく、逃げるように書物に没頭していた。

そんな青少年にありがちな、けれどクロード本人にとっては深刻な悩みは、レティーシアの何気ない一言で霧が晴れることとなる。

『周りから何を言われようが、クロードお兄様はお兄様の好きなことをやればいいと思うわ。私は、そうしてるお兄様の方が好きだもの』、と。

日常のちょっとした雑談、レティーシア本人は忘れてしまったほどの何気なさで告げられた言葉で、クロードの人生は大きく変わったのだ。

国のためでも自分の能力を活かすためでもなく、ただ自分の好きなことのために生きろと言って、それを肯定してくれる人がいるということ。

ふっと肩が軽くなった気がした。

クロードの好きなことといったら、書物に溺《おぼ》れ怠惰に過ごすことで、人として到底褒められたものではなかったが、そんな駄目な兄でも、レティーシアは好きだと言ってくれたのだ。

おかげで、というべきか、クロードは思うがままマイペースに生きようと決めたのだった。父や兄らには才覚の持ち腐れと嘆かれたが、生来の図太さを発揮し我が道を貫くうち、向こうもクロードはそういう人間だと、渋々とだが受け入れてくれたようだ。

クロードが十代も後半になる頃には能力を隠す術《すべ》も上手くなり、少ないながらも気の合う友人や読書仲間もでき、妹は変わらず愛らしく、このままどこかの閑職《かんしょく》にでも潜り込んで、怠惰だが充実した人生が送れそうだと期待していたのだが……。

（十七歳の秋に、レティがこのままでは十年以内に死んでしまうと俺は知ってしまった……）

レティーシアと同じような前世の記憶を持った人間が他にいるかも、と気になり調べたせいだ。

好奇心の赴くまま古書にあたるうち、今では表から葬り去られた呪術の存在と。

そして、前世の記憶を思い出した人間が辿る末路を知ってしまったのだ。

肉体が成長するにつれ前世の記憶を思い出す確率は飛躍的に高まっていき、二十歳をむかえる前にはほぼ例外なく前世を思い出し、自我の崩壊に至り死亡するということ。

レティーシアに待つ運命に震え、母を病で亡くした幼い日の痛みを思い出した。

また奪われてたまるか、と。手に入りかけていた怠惰な生活を投げ捨て奔走しつつも、表向きは以前と同じような様子をクロードは演じ続けた。

周りに、そしてレティーシアに詳しいことを勘づかれるわけにはいかなかったからだ。

もしレティーシアが自身に待つ運命を、周囲を巻き込んで自我の崩壊を起こしかねない未来を知ってしまったら。優しい妹は自身の人生を諦めいずれ死を選び、父や兄もその愛と誇りゆえ止められないだろうと、そう察してしまったからだ。

（そして解決方法を探し回るうち、どんどんと問題と、対処すべき相手が増えていった……）

勢い著しい皇帝・イシュナードが呪術を用いていること。彼もまた前世の記憶を持ち、彼が探し求める恋人の生まれ変わりこそがレティーシアであるということ。

『翼音』により君臨する王は初代国王の生まれ変わりであり、彼らは前世の記憶を持った人間を見つけ次第に命を刈るだろうということ。

イシュナードと『翼音』により君臨する王達、どちらがこの大陸の権勢を握っても、レティーシアに未来はない状況だった。

だからこそクロードは、イシュナードと『翼音』の王達のどちらかが勝ちすぎないよう、大陸の勢力図に気を配り暗躍を始めた。例えば帝国の新型紋章具兵器、レティーシアが銃と呼んでいた兵器の設計図がヴォルフヴァルト帝国に渡るよう調整したり、他にもいくつもの計画を実行し画策して、どうにかレティーシアが手を出されなくなる状況を作り上げようとした。

恵まれた頭脳はこのためこそにある、と覚悟を決め死ぬ気で駆け回って、実際に何度も死にそうな目にあいながらもレティーシアを助ける道筋を探し続けた。

(レティの婚約破棄を誘発させたのも、グレンリード陛下の元へ向かわせるためだった)

グレンリードが先祖返りであることは推測できていた。先祖返りの彼をレティーシアと親密にさせておけば、彼の中に潜む初代国王が目覚めても、レティーシア殺害を思いとどまらせることができるはず、と。そう打算を弾き、レティーシアとグレンリードとの相性も悪くないと予測し、妹がお飾りの王妃となるよう誘導したのだったが、

(結果は予想以上だった。レティが助かったのは、グレンリード陛下のおかげだ)

彼が深くレティーシアを愛してくれたからこそ、今日この場にたどり着くことができたのだ。

クロードの暗躍は幸運に助けられたこともあり、どうにかイシュナードも『翼音』の王達も、レティーシアに易々と手出しできない盤面へと持ち込むことができた。

しかしそこで手詰まり。レティーシアを害す外部要因を制御できたとしても、二十歳前に必ず来る魂の不安定化を避ける手段は発見できなかったし、この世から弾き出された魂を連れ戻すための、レティーシアの前世の名前も見つけられなかった。

故にクロードは諦めた。諦めかけてしまった。

恵まれた頭脳でいくつもの国を相手取って動かし、おおよそ全てのことが予測できてしまって

いたからこそ、勝算の立てられないレティーシアの魂を呼び戻すための賭けに飛び込むことができず、諦めようとしてしまった。

（そんな俺をよそに、グレンリード陛下はレティの魂を呼び戻してくれた。陛下の思いが見えない細い糸を手繰りよせ、奇跡にも似た必然にたどり着くことができたんだ）

だからクロードは、グレンリードに深く感謝し尊敬している。レティーシアが祖国を離れ正式に王妃になるのは寂しいが、それでもグレンリードなら、妹を幸せにしてくれると信じられた。

クロードは無言で酒杯を傾けつつ、参列客と会話を交わす妹とグレンリードを眺めた。

微笑むレティーシアに祝いを述べているのは、異国の画家であるヘイルートだ。友人である彼の、その中に潜む別の存在と言葉を交わした日のことをクロードは思い返した。

ヘイルートは蛇の聖獣の先祖返りであり、血筋を辿れば今は亡き砂漠の国の王家へと行き着く。砂漠の国は数百年前、国内の天翼族を殺し尽くしたことで『翼音』の鳴らし手がいなくなり、じきに滅んでしまった。しかし、国は滅べど王の血脈は細々と受け継がれ、治める国もない先祖返りが存在してしまっている。そんな先祖返り、ヘイルートの中に潜む初代国王は一度だけ、ヘイルート本人が酔い潰れている時に体を動かし、クロードに話しかけてきたことがあった。

『人間は時折君のような化け物、いや失礼、外れ値のごとき個体が出てくるから興味深いよ』

ヘイルートの顔をした、けしてヘイルートではない存在は、そう興味深げに語っていた。

『君の暗躍のおかげもあって、じきに『翼音』の仕組みはいくつかの国で廃止されるだろうね。おおよそ六百年ぶりの快挙だよ。これも君、狙っていたのかい？』

『違いますよ。俺の目的はレティの魂の問題を解決することです。その過程で『翼音』の仕組みが廃止されることになろうとためらう理由にはならない、というだけの話です』

クロードは、『翼音』と『書き換え』に嫌悪感はあれど、それを廃止させようと積極的に動く気はなかった。嫌っているとはいえ『書き換え』の功績自体はある程度認めていたし、わざわざ廃止に向けて動くほど、勤勉ではなかったというだけだ。

『ふーん、そうかい。でも結果としてこの大陸の国々は、大きな変化を迎えることになるだろうね。『翼音』を鳴らしていた国の民は、神の生まれ変わりである王の元で安寧を貪ることができた。それが選択なき安寧であれど、ね。でもこれからはそうはいかなくなったよ。幸福が約束された、童話のような時代はおしまいへと向かい、行き先のわからない時代、歴史が始まるんだ』

歌うように、あるいは酔っ払いのうわごとのように、呟いていたへイルートの姿をした存在の言葉。それと同じような事柄をくしくもかの皇帝、イシュナードも口にしていたのを覚えていた。

数か月前、レティーシアの魂がこの世界に戻ってきた十数日後のことだ。クロードは厳重な警備をかいくぐり、イシュナードの元へ向かった。目的は彼のレティーシア、および彼女の前々世への執着が薄まったことを確認するため。そして気になっていたことを尋ねるためだった。

『イシュナード陛下、あなたが皇帝へと上り詰め大陸の勢力図を塗り替えたのは、最初の人生において最愛の女性を病で亡くした、その後悔が原動力の一つになっているからですか?』

『……よくわかったな。神の描く童話から零れ落ちるものを手中に収めようとするなら、童話を終わらせる必要がある。荒野の先へと血まみれの道を、即ち歴史を歩んでいくしかないだろう？』

夜半、忍び込んできたクロードにも動じることなく、イシュナードは静かに笑ってそう語っていた。さすが、大国の皇帝となるだけある肝の座り具合だったと覚えている。

（『翼音』と『書き換え』による統治が続く限り、技術と学問の進歩は頭打ちだ。魔術以外の技術が伸び戦場の主役となれば魔力を持った人間、つまり王侯貴族による支配が続けにくくなる。新しい技術が生まれてもいずれは『翼音』により目覚めた王により握りつぶされ、医学も例外ではない。それが、最愛の女性を病で亡くしたイシュナード陛下には、許せなかったんだろうな）

クロードも母親を病で亡くしており、その点では重なる思いがあった。レティーシアを狙う厄介な相手だったが、『翼音』を厭っていたりと、共感するところも確かにあるのだった。

（この先、大陸の勢力図や技術の発展がどうなっていくかはまだ読みきれないけれど……。童話は終わり、歴史が始まる、か。きっとレティは、歴史の主要人物の一人になるんだろうな）

純白のドレスをまとい、招待客からの祝福を受けるレティーシアを見守る。

既にレティーシアの魂の問題は解決している以上、これ以上クロードが頼まれてもいないのに彼女の人生に干渉しようとするのは筋違い、レティーシアへの侮辱にしかならなかった。

（……だから俺にできるのは、兄としてレティの幸せを祈ることだけだ）

妹のこの先の人生が、どうか幸多きものでありますように、と。

花嫁姿のレティーシアの笑顔を目に焼き付けるようにし、クロードは酒杯を干したのだった。

それは、結婚式を挙げるより前、私が昏睡から目覚めて、十日ほどが経った日のことだった。

「自分を殺しかけた相手と会話したいなんて、君、よく変わり者だって言われるだろ？」

人を小ばかにした、それでいて上品さを微塵も失わない声色で、シルヴェリオが唇を開いた。

私は緊張を感じながらも、聖剣から姿を現したシルヴェリオと向き合った。グレンリード陛下は聖剣の置かれた机の横の長椅子で眠っており、少しだけ心細い。シルヴェリオと同時に意識を保っていると陛下の消耗が大きくなるため、一時的に眠ってもらっているのだ。

「シルヴェリオと、どうしても話したいことがあったんです」

だからこそ、グレンリード陛下と話し合いを重ね、陛下のうちにあるシルヴェリオの意識を表出させ一時的に聖剣に移し、会話を試みることにしたのだ。万が一にもグレンリード陛下の体が乗っ取られないよう、傍らではファザリオ様が控えて目を光らせてくれている。

「へぇ、政治に不干渉の天翼族が力を貸すなんて、ずいぶんと好かれて肩入れされてるんだね？」

「違う。いや、レティーシア様のことは好きだ。でも違う。それだけじゃない」

訥々《とつとつ》と、しかし会話が得意な人格に任せることもなく自分の言葉で、フェザリオ様が口を開く。

「イシュナード陛下のせいで、世界は大きく変わりそうだ。天翼族の役割も、今までとは同じようには果たせなくなるかもしれない。だから一度、私も、あなたと話がしてみたかった」

この数百年間、『翼音』による『書き換え』の存在自体が、厳重に隠されてきていたけど……。

イシュナード陛下はそこに一石を投じようとしている。ゆくゆくは『翼音』と『書き換え』の存在とその仕組みを公表するつもりだ、と。先日交渉をした際に匂わせていたのだ。

今はまだ大国のマルディオン皇国を手に入れたばかりで、広大な新領土の統治に力を割かねばならないから公表しないつもりのようだが、国外に目を向ける余裕を取り戻した数年後にでも、効果的なタイミングでバラす心算らしかった。

イシュナード陛下には、『翼音』を悪用しマルディオン皇国の皇族貴族を無力化した実績がある。その実績も交え、『翼音』について公表すれば、他国の人間もけして無視できないはずだ。

もちろん、この国も例外ではなかった。

そのことについてグレンリード陛下と、そしてフェザリオ様と相談したことを話していく。

「一たび『翼音』の存在が広く知られれば、『書き換え』の対象である貴族の中からは反発者もでるでしょうし、下手に『翼音』を鳴らすとイシュナード陛下に悪用されて国が侵略される危険性がある以上、貴族以外からも『翼音』および天翼族を疎む人が生まれる可能性が高いです」

「そうだろうね。人間も獣人も恩知らずだ。今まで何百年も天翼族の『翼音』により国が守られてきたことも忘れて、迫害へと掌を返すだろうね。まぁ、犠牲者は天翼族だけではなくて、人の『翼音』の肯定者と否定者の間でも血が流れるだろうから、自業自得ってところかな？」

人の矮小《わいしょう》さを皮肉るように哀れむように、静かにシルヴェリオが語った。

「私達がそうはさせません。イシュナード陛下に『翼音』について公表され内乱を誘発され攻め込まれる前に、貴族達に適切に『翼音』について説明し、もっと良い形での着地を目指します」

下手をすれば国を割りかねない、難しい道筋だけど。避けては通れない問題である以上、腹を括って頭を回して、少しでも穏やかな未来にたどり着けるよう動いていくしかない。

「シルヴェリオには人間全てが愚かに見えるかもしれないけど、この国には賢明な人もたくさんいるわ。徒に『翼音』について騒ぎ立て国を割ってはイシュナード陛下の思うがままと気が付くだろうし、人間と獣人、種族が違う者同士でも、少しずつ分かり合えて来ている。だから、きっと、天翼族のことだって、ただ迫害して終わることはないはずよ」

「実に素晴らしい。素晴らしいまでにお花畑な、希望的観測だね」

「希望を現実にするために動くのが、私達為政者の役目でしょう?」

決意を込め、覚悟を決めて。

数百年に渡りこの国を存続させてきた、神にして初代国王へと私の望む未来図を語った。

「……ふぅん。なら、やれるところまでやってみればいいよ。『翼音』が鳴らされない限り、僕の出番はないからね」

シルヴェリオは笑った。

突き放すような、それでいてどこか祝福するような。

独り立ちした子供を見るような光が、青みがかった碧の瞳に宿っているような気がした。

「もちろん、この国のために精一杯行動するつもりよ。でも、その前に、シルヴェリオにも一つ頼みたいことがあるわ」

「僕を頼りたい？　ご立派な決意表明のすぐ後にそれを言うのかい？」

「未来に目を向けるためには、過去を整理することも必要でしょう？　これはシルヴェリオにしかできないし、シルヴェリオがやるべきことだもの」

黒髪で可憐で強かな、恨みはあるが頼りになる令嬢の姿を思い浮かべる。

「フィリア様のことよ。彼女が王妃候補になるまでに至ったのは、シルヴェリオとの出会いがあったからこそでしょう？　ならばもう一度くらい、声をかけてあげて欲しいわ」

当時のシルヴェリオが何を思い、グレンリード陛下の体を動かしていたのかはわからない。気まぐれか、あるいは病弱で寝込みがちだったグレンリード陛下が夢うつつに銀狼に変化し町を歩いているのに気が付き、安全なところまで体を動かしてやったのかもしれないけれど……。

シルヴェリオが自分の意思で幼いフィリア様に関わり、励ましてやったのは確かだ。小さな子供への哀れみか、公爵家の令嬢であったフィリア様との関わりを作ろうとした打算か、あるいはその両方か。どちらにしろ、フィリア様にとって、得難い思い出になったのは間違いない。

「フィリア様は自力で、先祖返りの秘密に気がついていたわ。これも全て、シルヴェリオが撒いた種よ。一度顔を合わせてけじめをつけてから、グレンリード陛下の中に戻ってくれない？」

「……人使い荒いね、君。嫌いじゃないよ。好きでもないけどね」

そう言い肩をすくめつつもシルヴェリオは、フィリア様との対話を受け入れてくれたのだった。

◇　◇　◇

近くの部屋で控えていたフィリア様を呼びシルヴェリオとの対面を果たして帰ってもらって。

その後、私からも少しシルヴェリオに質問をして、グレンリード陛下の中へ戻ってもらうことにした。シルヴェリオの姿がかき消えると入れ違いに、陛下が目を覚まし瞼が持ち上がっていく。

「ん、レティーシア……シルヴェリオに何もされなかったな？」

起きるなり心配そうに、グレンリード陛下が私を見つめた。

「大丈夫でした。私の魂はやっぱり今、きちんと安定しているそうです」

過去にシルヴェリオが私を殺そうとしたのは、私が前世の記憶を持っていると知ったせいだ。

魂が不安定になり自我が崩壊し、周りを巻き込む大惨事になりかねないのが理由だった。

その後、私の魂は星の渚、この世ならざる場所に飛ばされてしまったが、戻ってきた時には魂は安定していた……らしかった。クロードお兄様曰く、前世のあだ名をグレンリード陛下が呼んでくれたことで、私の魂はこちらの世界に繋ぎ留められ安定し、危険性はなくなったそうだ。

「念のため、シルヴェリオにも尋ねてみましたが、私の魂は問題ないそうです」

「そうか……」

グレンリード陛下がほっと息をついている。自分のことのように私のことを心配してくれる様子が嬉しくも申し訳なく、胸が締め付けられた。

「本当によかった。もしまたおまえを失いそうになったら、私も何をするかわからないからな」

「グレンリード陛下……」

頬へと添えられた陛下の手つきは、ガラス細工を扱うかのように優しかった。

私の存在を確かめるように、愛おしむように撫でる陛下の指。

触れた個所から伝わる体温に、じんわりと胸が熱くなっていく。

「……好きです」

グレンリード陛下の手を握り、伝える。

熱いのは私の頬か手か、それとも陛下の指先なのか。

わからないまま、わからなくなりながらも、想いよ伝われと唇を開いた。

「好きです、陛下。国王として、人間として、……そして男性として。陛下のことを私、好きになってしまいました」

声が震える。視線が下へ向いていく。

言った。

言ってしまった。

きっと頬は真っ赤で恥ずかしくて、陛下の目が見れなくて、顔はうつむいてしまったけれど。

グレンリード陛下への想いを、恋しさを。

胸の内側に留めておくことはできなくなっていた。

今までずっと、こんなにも大きな思いに気が付こうとはしなかったのは。

お飾りの王妃だから、期限付きの関係だからと見ないふりをしていた卑怯さを自覚し。

それでも恋しさは消えなくて、言葉にして伝えてしまっていた。

「――――っ！」

下向きの視界の中、陛下の靴がこちらへと踏み出して。

背中へと手が回され、気が付けば抱きしめられていた。

「愛している」

「っ！」

耳元の陛下の声は、甘くかすれた愛の言葉。

心と体が一体になって、熱く赤く蕩《とろ》けてしまいそうだ。

「私もおまえのことが好きだ。失うことなど考えられないほどに、誰にも触れさせたくないくらいに、レティーシア……おまえを愛している」

「陛下……」

嬉しすぎてめまいがしそうだ。

体中の細胞全部が、沸き立つように熱くなっている。

陛下らしくない、今まで聞いたこともない、けれど誠実なとても陛下らしい、どこまでもまっすぐな愛の告白。

照れくさくてふわふわとして浮き上がるようで、陛下の胸板へと体を預けた。

「おまえ以外を私の妃にするつもりはない。生涯私が愛し抜くのは、おまえ一人だけだと誓おう」

すくうようにして、私の右手がグレンリード陛下により持ち上げられた。

手の甲が上に向けられ、落とされる軽い口づけ。

さらりとした銀の髪が手の甲をかすめ、吐息が肌に当たった。

「だからレティーシア、お願いだ。どうか私の、ただ一人の妃になってくれ」

「……もちろんです」

喜びを噛みしめ頷く。

グレンリード陛下からの告白と求婚。

これからの人生を決める選択。

言葉にすればそこに微塵の迷いもなく、私は全身を満たしていく幸福に身を委ねた。

「嬉しいです。嬉しすぎて、私、きっと今すごい顔をしています」

「あぁ、この上なく愛らしい顔をしている。今すぐ唇に口づけしたくなるほどにな」

「…………」

頬が燃えるように熱く、つい黙り込んでしまった。

陛下、恐るべし。

初めて会った頃の氷の美貌はどこへやら。

一たび想いが通じ合えば全速前進、言葉でも行動でも、惜しみなく愛を伝えてくるタイプなのかもしれない。

この先、私の心臓は持つんだろうか……？

ドキドキと戦々恐々としつつ、私はやんわりと陛下と距離を取った。

残念ながら、あるいは心の準備ができて幸運にもと言うべきか。この国のしきたりでは、正式に結婚式を挙げ王妃になるまで、唇への口づけは認められていなかった。

「…………心の底から残念だ」

グレンリード陛下もしきたりを思い出したのか渋い顔をしている。

その顔が、まるで。

目の前で好物を取り上げられたぐー様にそっくりで、私の頬は緩んでしまったのだった。

◇◇◇

陛下の求婚を受け入れてからは、結婚式を終えるまでおおむね順調に進んでいった。

正妃になるに至っての最大の懸念事項だった、私の魂の不安定さは解決していたからだ。

国内の世論も好意的なようだし、四人のお妃候補全員からも反対の声は上がっていない。

ケイト様とナタリー様はお茶会にとびきりのお菓子を持ってきて祝福してくれたし、イ・リエナ様からもお祝いと贈り物をもらい、二つ尾狐のフィフとフォスも、

《おめでとう！　これでずっとこの国にいてくれて、ずっと一緒に遊べるね！》

と嬉しい言葉ともふもふアタックを贈ってくれた。嬉しい。

「……フィリア様もなんだかんだ、私を正妃にと認めてくれたものね」

結婚式を終えたその晩。

私は心地よい疲労と共に、寝室でほっと一息ついていた。

フィリア様は元々、シルヴェリオにもう一度会いたい、と正妃の座を目指していたのだ。

あの日、再びシルヴェリオと言葉を交わした時、フィリア様は表面上は全く動揺を見せず、完璧に美しい笑顔でひとときの邂逅を終えていた。

きっとあれは、フィリア様なりの意地であり誇りだ。

何があろうと優雅な笑みを絶やさず教養高く、礼儀正しく振る舞う立派な令嬢になったのだ、と。きっとシルヴェリオに、そう思ってもらいたかったのじゃないかな。

シルヴェリオとの会話を終え部屋を出る直前、目元が震えていたのは見ないフリをしておいた。

二度と会うことができないと思っていた、おそらくは初恋の相手と、再会することができたフィリア様。そのことで色々と心情の変化があり吹っ切れたのか、正妃の座に固執する気配もなくなり、私が正妃となることも支持してくれている。

……まぁ、そう見せかけてるだけで、本当は虎視眈々と正妃の座を狙ってる可能性もあるけど。

フィリア様の立ち回りの上手さと大胆さは貴重だし、彼女の実家の養蜂を私も新型の採蜜用紋章具の提供を通して関わっている。私をはめようとしたこと、庭師猫に迷惑をかけたことは今でも許していないけど、許せないなりに付き合っていかなければならない相手でもあった。

「一国の正妃になるんだもの。こういう関係、きっとこれから増えるんだろうな……」

言葉にすると改めて、正妃という地位の重さと責任を実感する。

正妃の座はゴールではなくスタート、生涯続く長い道のりの始まりだった。

『翼音』の存在を国民に公表し、イシュナード陛下への対策も練って、国内の産業を育て、人間と獣人が共に生きやすいよう法や財政を整備していき……。

困難もやるべきことも山積みだし、料理したりもふもふと戯れたり陛下と一緒に過ごしたり、やりたいことだって数えきれないほどたくさん存在している。

「……グレンリード陛下、そろそろくるかなぁ」

忍び寄る眠気にあくびしつつ、私は長椅子に深く座り直した。

結婚式を終え正式な王妃となった今日から、私とグレンリード陛下は同じ寝室を使う予定だ。期待と不安を抱えつつ待っているところだが、陛下はなかなか現れなかった。結婚式の片付けの指示などが、思ったより長引いているのかもしれない。

「……ねむい……」

ここのところずっと、結婚式の準備などもありとても多忙だった。

積み重なった疲労が瞼へとのしかかり、私を眠りの世界へと沈めていったのだった。

◇　◇　◇

「……で、どうしてまたここに来ちゃったのかしら……？」

見上げれば降るような星空。足元には波音を立てるぬるい海水。

グレンリード陛下を待ちうとうとしているうち、気が付けば星の渚とやらに来てしまっていた。

「どういうこと……？　私の魂、安定してたはずなのよね？」

なのになぜ、この世ならざる世界の狭間、らしきところに来てしまっているのだろうか？

まさかまた世界からさ迷い出て、帰れなくなってしまったのかと恐怖しかけて、

「やぁ久しぶり、でもないのかな？　君の時間でどれくらい前に僕と出会ったたっけ？」

「あなたは……」

前にこの場所に来た時、声をかけてくれた黒髪の青年だ。今日も左耳に赤い耳飾りを揺らし、焦ることもなくこちらへ近づいてきている。

「こんばんは。私、数か月前にここであなたと会っているわ。その時は無事に自分の体に帰れて、もう二度と、ここへくることもないはずだと思っていたんだけど……」

事情を説明している間にも、じわじわと不安が這いあがってくる。私の恐れが伝わったのか、青年が安心させるよう笑った。

「心配する必要はないよ。君の魂は強固に安定している。しっかりしすぎているほどにね」

「しっかりしすぎている……？」

「だからこそ、この場で意識を保てているんだよ。ここは星の渚であり、世界の狭間であり宙の逆さであり彼岸であり、そして数ある呼び方の中には、夢の踊り場というものがある。人間は夢を見ている時、魂だけが僅かに肉体から浮き上がり、ここにやって来ることがあるんだ。とはい

っても、生きた人間はここで何かを認識したり喋ったりすることもできず、ただ漂って朝を迎え目覚めるだけなんだけどね。……君が今、こうして周りを見て僕と会話できてるのはひとえに、君の魂が人間の枠を超えはるかに高い域において安定し、強固な存在に至っているからだよ」

「えぇぇ……？」

まさかの人外宣告に、私はうめき声を上げてしまった。

「どうしてそんなことに……？」

「おそらくだけど、皇帝イシュナードとやらが君の魂にかけていた呪術によって元々魂が大幅に強化されていた上に、この星の渚に意識を持ったままやってきて無事に帰還し、生きたまま世界の境界を越えたことで更に魂が変質、魂の格がウナギ上りに上がっちゃったんじゃないかな？」

「魂の格がウナギ上り……」

うさんくさすぎるフレーズに、ついおうむ返しにしてしまった。

「そうそう。今ならきっと、色々見えるようになっているはずさ。例えばそこ、足元」

「わっ!?　ネズミ!?」

足元をとてとてと歩くネズ……いや違う、これはあれだ、たぶんエゾモモンガ。

前世の図鑑でしか見たことがない、北海道に生息するはずの小動物が動き回っていた。

「何よあんた失礼ね!!　誰がネズミよ！　私は由緒正しき世界樹様よ!!」

……モモンガが喋った。

それだけでも驚きなのに、目を凝らすともふもふの体に重なるように、銀の幹に緑の葉を茂らせる大きな木がダブって見えた。世界樹、と言われても納得な外見をしている。

「……勘違いして悪かったわ。ごめんなさい」

モモンガあらため世界樹に謝りつつ、恐る恐る周りを見回す。

波間を泳ぐ極彩の魚、水平線上を進む何やら四角い物体、遠い星空を舞う赤い竜。

生き物一匹いないはずの穏やかな渚を行き来する、何体もの動くものを目撃してしまった。

「あれはいったい……？」

「次元の海を渡るもの、神と崇められるうちの高位にあたる神性、あらゆる知性生物の接触と理解を拒みただ飛び回るナニカ……。出自由来は様々だけど、今や君も彼らと同格、あるいはそれ以上の存在に至ったということだよ」

「そ、そんなわけ」

ない、と言いかけ逃げるように視線を空へ向け、星を見て気が付いてしまった。

ゴマ粒よりも小さく見える星の、その表面の砂の一粒一粒までが目視できてしまい、砂一つ一つが全て別の世界であると理解してしまい、そのうちの一つの惑星に暮らす二つの頭を持つ住人の姿を認識し、その気になれば彼らに自由に干渉できる見えざる腕が私の魂に生えていることを自覚し、同時にとんでもない情報量をごく自然に処理している自分に気が付いてしまった。

「……っ！」

当たり前のように人知を超越した意識感覚、そして能力を手に入れたことに気が付く。

頭上の星全てに砂粒があり渚や砂漠があり、その全てが異なる世界なのだとしたら――

無限、数限りなく。

頭がくらくらと、かつてなく意識は澄んでいるのに、酩酊にも似た恐れを感じてしまった。

「……帰らなきゃ」

ここに長居すればするほど、私はヒトから遠ざかっていってしまう。

爆発的に広がった認知能力により帰還方法をすぐさま理解し、ただちに帰ることを決意した。

「もう帰るのかい？　今の君なら神にも等しい力で元の世界を好きなように弄り不都合な存在を消すことも、全くのゼロから世界を作りだすこともできるようになってるよ？」

「……そんな力、いらないわ」

神のごとき力、に魅力を感じないと言ったら嘘になるが、ろくでもないことになる予感しかしない。私には元の世界に待っていてくれている人がいるし、比べれば神の力など無価値だった。

二度とこの星の渚に意識を持ったまま訪れないようにし魂を普通の人間のものへと戻し、この場での記憶を消し元の世界へと帰る。その方法を知覚し青年へと別れを告げ実行したところで、

「わんっ！」

「あ……！」

懐かしい鳴き声。

二度と聞くことはないと、ただ愛しさと切なさを募らせていた思い出の中の存在。

「ジロー……」

白い毛の混じる茶色い毛並み、ぴんと立った耳、少し吊り上がった黒い瞳。

ちょこんとお座りした柴犬のジローが、じっとこちらを見つめていた。

「ジロー、どうしてここに……？」

呟いて気が付く。

元の世界へと帰る前の一瞬、引き延ばされた刹那、ありえないはずの邂逅。

神をも超える程に強化され変質した知覚が答えを教えてくれた。

「見送りに来てくれたのね……」

さっき黒髪の青年は、ここが『彼岸』と呼ばれることもあると言っていた。

彼岸とはすなわちあの世、天国ないし地獄、冥界などである。

前世、私が事故にあった時点でジローは既に老犬だった。私の死後、ジローは寂しさを抱えながらも天寿を全うし、肉体は朽ち魂だけの存在になって、ここで待っていてくれたらしい。

私の魂の格とやらが上がったおかげで、こうしてジローを認識できるようになったのだ。

「わんわんわふふっ！」

ご主人、そっちの世界でも元気に暮らしてね！

そう励ますように吠えたジローは、くるりと巻いたしっぽを揺らし歩き出した。

光の中へ、輪廻の環へと向かっていくジローへと、

「ジロー、ありがとうっ！　大好きだよ‼」

私は精いっぱい声を張り上げ、

「バイバイっ！　私、ジローと会えて幸せだったよ‼」

前世ついぞ言えなかった、お別れの言葉を口にしたのだった。

◇　◇　◇

何か、とても大切な夢を見ていた気がする。

夢の内容は覚えていなくて、でもなんとなく、愛犬のジローが出てきたような気がした。

「ジロー……」

呟くと、ぽろり。一粒涙がこぼれ落ちた。

切なくて、温かくて。

喪失感と充足感を同時に感じながら、私は指で涙をぬぐった。

「……目を覚ましたか」

「陛下……」

頭を枕から上げ体を起こすと、グレンリード陛下が寝台に座っていた。

どうやら陛下を待っている間に眠ってしまい、寝台に運ばれていたようだ。

「……眠っている間おまえは何度か、ジローの名前を呼んでいたぞ」

どこか拗ねたように、グレンリード陛下が口を開いた。

「陛下、ご心配なく。ジローのことは今でも大好きですが、それは愛犬に対しての好意です。恋愛的な感情で好いているのは、その、陛下お一人だけですからね？」

言っている途中で照れてしまい、つい小声になってしまった。グレンリード陛下への恋愛感情はいまやはっきりと自覚しているが、それはそれとして少し恥ずかしく、照れてしまうのだった。

私の拙い告白の返答は、グレンリード陛下による抱擁だった。

「おまえもジローも何も悪くない。……ジローがおまえにとって、かけがえのない愛犬だったことはよく理解している。……理解しているにもかかわらず、ジローに対してすら嫉妬心を覚えてしまう自分の狭量さと独占欲に、眉をしかめてしまっただけだ」

「陛下……」

誰にも渡すまい、と言わんばかりに強く抱きしめてくるグレンリード陛下の背中を、私はそっと抱きしめ返した。骨と筋肉に覆われた体の感触が、シャツごしの熱と共に伝わってくる。

「陛下、大丈夫ですよ。私だって前に、フィリア様が昔陛下とお会いし想いを寄せていたと誤解してモヤモヤと、今思えば嫉妬をしていましたし、それに……」

「それに？」

「ジローならきっと、陛下のことも私も、元気に暮らしてくれって祝福してくれる気がします」

ジローとは二度と会えないけど、それでも。今の私とグレンリード陛下を応援してくれていると、不思議とそう信じることができた。

私が陛下を見上げると、陛下も少し体勢を変え正面から私を見つめた。

二人、無言で見つめ合い、顔を近づけていって。

唇へのキスは結婚式で経験しているがここは寝室、そして夜に二人きりだ。

早鐘を打つ心臓を感じながら、まもなく唇が触れるかというところで、

「え、狼？」

思わず私はフリーズしてしまった。陛下の頭の上に生えた、もふもふとした一対の三角の耳。

ぐー様の姿の時に見慣れた、紛れもない狼の耳だった。

「なんだと……？」

「どうしたんですか？」

ぴくぴくと狼の耳をひくつかせながら、グレンリード陛下が唸り声を上げている。

「……シルヴェリオが内側から語り掛けてきた。私の感情の高ぶりに刺激されシルヴェリオの意識が覚醒し、その影響で狼の耳が生えてきてしまったそうだ……」

「シルヴェリオが……」

まさかの闖入者に、陛下とのいちゃいちゃをばっちりと見られてしまったとは……

顔を赤くしていると、陛下が先祖返りの異能で氷の短剣を作っていた。

「よし、処すぞ。レティーシアのあのような顔を見ていいのは私だけだ」

「陛下っ⁉」

グレンリード陛下が無表情で、自身の狼の耳の根元へと氷の刃を当てようとしていた。

「この狼の耳を切り落とせば、シルヴェリオの意識も刈り取れるかもしれないだろう？」

「陛下ストップストップ！　落ち着いてお願いちょっと待ってくださいっ‼」

ご乱心の陛下を止めるべく、必死に言葉を尽くし宥めようとしていると、

「にゃにゃっ⁉」

私の悲鳴を聞きつけてか、どこからか心配したいっちゃんが寝室に乱入してきて。

――結婚式当日の夜は、予期せぬもふもふの闖入者達と共に更けていったのだった。

Mfノベルス

転生先《てんせいさき》で捨《す》てられたので、もふもふ達《たち》とお料《りょう》理《り》します～お飾《かざ》り王《おう》妃《ひ》はマイペースに最強《さいきょう》です～⑥

2024年3月11日　第1刷発行

著　者　桜《さくら》井《い》悠《ゆう》

発行者　島野浩二

発行所　株式会社双葉社
〒162-8540　東京都新宿区東五軒町3番28号
［電話］03-5261-4818（営業）　03-5261-4851（編集）
http://www.futabasha.co.jp/（双葉社の書籍・コミック・ムックが買えます）

印刷・製本所　三晃印刷株式会社

［電話］03-5261-4822（製作部）
ISBN 978-4-575-24726-8 C0093